GWLAD Y DREIGIAU

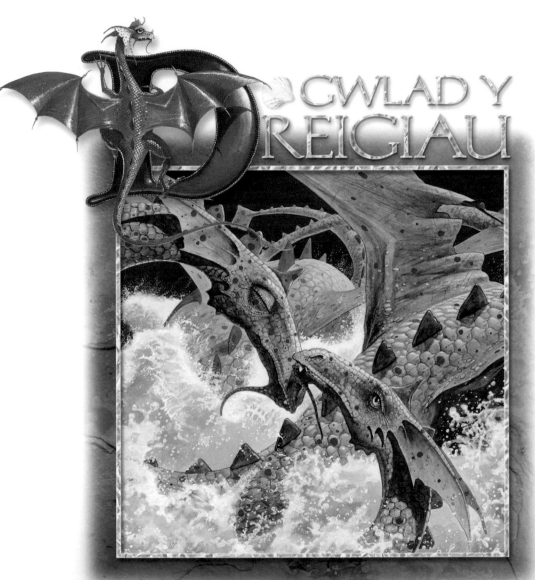

Cerddi a Straeon

lluniau gan

BRETT BRECKON

gomer

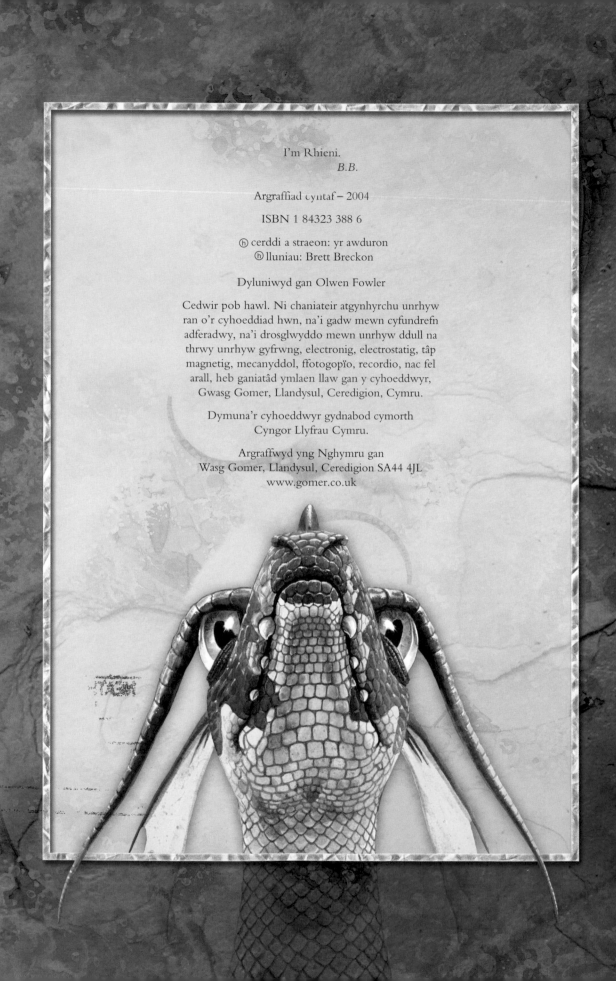

I'm Rhieni.
B.B.

Argraffiad cyntaf – 2004

ISBN 1 84323 388 6

ⓗ cerddi a straeon: yr awduron
ⓗ lluniau: Brett Breckon

Dyluniwyd gan Olwen Fowler

Dymuna'r cyhoeddwyr gydnabod cymorth
Cyngor Llyfrau Cymru.

Argraffwyd yng Nghymru gan
Wasg Gomer, Llandysul, Ceredigion SA44 4JL
www.gomer.co.uk

Cynnwys

Cyflwyniad

Brett Breckon

Rhaid craffu'n ofalus – yn ofalus iawn – i weld draig heddiw. Ond nid felly'r oedd hi, gan fod dreigiau'n perthyn i'r ddaear, a hyd yn oed i'r bydysawd. Y gwir yw, pan ffurfiwyd y byd, ymddangosodd dreigiau o'r un crochan tanllyd, ffrwydrol o elfennau newydd, pur. O'r cychwyn cyntaf, roedden nhw'n ymwybodol iawn o bethau sy'n effeithio ar gydbwysedd y ddaear. A beth, dybiwch chi, sy'n effeithio ar rythmau'r ddaear a'r moroedd yn fwy na dim byd arall? Dynol ryw. Y ffordd mae dynol ryw yn ymddwyn ar y blaned hon.

Dyw hi ddim yn syndod felly mai osgoi cysylltiad â phobl fu nod pennaf dreigiau erioed. Does dim yn well gan ddreigiau na heddwch a thawelwch.

Serch hynny, mae pobl wedi bod yn ddrwgdybus iawn o ddreigiau erioed. Mae eu maint, eu ffurf a'u hymddangosiad brawychus yn codi ofn ar y mwyafrif, yn enwedig gan fod ambell un ohonynt yn medru anadlu tân! Felly, caiff dreigiau eu hystyried fel bwystfilod gan bobl.

Cafodd dreigiau eu hela gan bobl Oes y Cerrig, er na allent eu bwyta. Yn ddiweddarach, byddai marchogion yn ennill bri o'u lladd. Weithiau, byddent yn hela draig am ddegawdau, gyda'r bwriad o waredu'r byd o ddrwg. Ond ceisio lloches dawel fyddai nod y ddraig bob amser, a doedd cadw allan o afael marchog drewllyd, lletchwith a swnllyd ddim yn anodd i ddraig a hithau mor synhwyrus! Weithiau, serch hynny, doedd dim llonydd i'w gael, a doedd dim amdani ond i'r ddraig orfod bwyta'r marchog. Bob yn hyn a hyn, byddai marchog yn llwyddo i ladd draig a thorri ei phen i ffwrdd. Neu, os digwyddai i'r ddraig fod yn rhy fawr, byddai'r marchog yn tynnu dant o'i cheg a'i gadw fel tlws . . . cyn i'r ddraig druan droi'n llwch a dychwelyd i'r ddaear. Dyna pam nad oes esgyrn na ffosiliau dreigiau i'w cael yn unman.

4

Dyna pam hefyd mai cilio i gorneli tawelaf y ddaear wnaeth y dreigiau. Serch hynny, roedd y Celtiaid yn fwy goddefgar ohonynt na phobloedd eraill, ac am gyfnod gwelwyd dreigiau a'u teuluoedd yn llochesu yn niogelwch Cymru, Iwerddon a'r Alban. Am gyfnod cymharol fyr o tua 500 mlynedd y bu hynny, mae'n debyg, ond roedd yn gyfnod dedwydd iddynt. Ac er na welwyd y dreigiau'n aml iawn, os o gwbl, yr oedden nhw yno.

Yn y diwedd, tarfwyd ar yr heddwch gan ddiwydiant, peiriannau, ffatrïoedd a llygredd. Daeth nifer o bobl i'r anialdiroedd gan reibio'r ddaear wrth chwilio am drysorau. Bu raid i'r dreigiau gilio eto.

O'r traethau anial, o'r mynyddoedd uchaf, o'r ogofâu tywyllaf ac o'r moroedd dyfnaf, gwyliai'r dreigiau o bell wrth i bentrefi bach droi'n bentrefi mwy, ac yna'n drefi a dinasoedd. Datblygodd dyn beiriannau o bob math, cyn i'r peiriannau hynny ddechrau hedfan. Llygrwyd yr awyr; cynyddodd y sŵn. Ac wedyn, yn y rhyfeloedd rhwng pobl, defnyddiodd dyn ei beiriannau cyflymaf a mwyaf newydd.

Felly, yn yr ugeinfed ganrif, diflannodd llawer o ddreigiau o'r tiroedd Celtaidd. Ond nid pob draig. Mae yna arfordir garw, ogofâu tywyll a chopaon mynyddoedd sydd eto heb eu difetha gan bobl. Mewn mannau felly, fel arfer ar y cyrion mwyaf gorllewinol, mae'n bosibl y gwelwch chi ddraig.

Rwy wrth fy modd yn chwilota o gwmpas yr arfordir yn fy nghaiac, yn darganfod cildraethau cudd ac ogofâu dirgel, yn ogystal ag archwilio'r clogwyni danheddog, gwyllt. Er eu bod yn aml yn ymddangos yn wag ac anghyfannedd, tybed a yw hynny'n wir? Sut alla i fod yn siŵr bob tro mai wyneb craig, gwymon neu bwll trai rwy'n ei weld? Mae'r ymdeimlad o dragwyddoldeb a dirgelwch yn un cryf, ac o'r profiadau hynny y deilliodd y llyfr dreigiau hwn. Mae pobl yn holi o ble y daeth yr holl syniadau . . . dw i ddim yn hollol siŵr.

Ond rwy'n argyhoeddedig o un peth, serch hynny: welwch chi fyth ddraig o gerbyd 4x4 na jetsgi, gan y byddan nhw'n eich gweld, eich clywed a'ch arogli chi o bell. Ond hwyrach y dowch ar draws un os digwydd i chi fod yn ddigon tawel, yn ddiymhongar ac yn llawn bwriadau da. Ac os edrychwch i'w llygaid, fe welwch ganrifoedd o ddoethineb tawel yn syllu'n ôl arnoch.

Felly, os craffwch chi'n ofalus – yn ofalus iawn – efallai y cewch chi weld draig, hyd yn oed heddiw!

Geni'r Ddraig

Ceri Wyn Jones

Cyn bod amser maith yn ôl,
cyn bod coes gan unrhyw stôl;
cyn bod olwyn ar un pram,
(hyd yn oed cyn Dad a Mam);

cyn bod tywod ar y traeth,
cyn bod bwa gan y saeth;
cyn bod copa ar bob bryn,
cyn bod eira gwyn yn wyn;

cyn bod gan bry' cop wyth coes,
cyn bod bara'n cynnwys toes;
cyn bod gan fwyalchen gân,
cyn bod brân mor ddu â'r frân;

cyn i eliffantod gofio,
cyn i bysgod ddysgu nofio;
cyn bod pigau gan y draenog,
cyn yn wir fod pigau'n bigog;

cyn bod hufen iâ yn oer,
cyn bod lleuad weithiau'n lloer;
cyn bod dŵr yn wlyb i gyd,
cyn bod dagrau'n hallt o hyd;

cyn bod stori bert i'w dweud,
cyn bod llwyth gwaith cartre i'w wneud;
cyn i ddechrau'r dechrau ddod
a chyn bod cyn bod yn bod . . .

. . . dim ond dau beth oedd dan yr haul
(er nad oedd eto haul i'w gael).
A beth oedd enwau'r ddau ynghyd?
Wel, Dim oedd un, a'r llall, Dim Byd.

6

Ond nid oedd gan y naill eriôd
un syniad fod y llall yn bod,
hyd nes digwyddodd rhywbeth mawr –
peth mawr, mawr, mawr, peth mwy na chawr!

Mewn cyd-ddigwyddiad roedd y Ddau
ar hast yn jogan rhyw nos Iau
pan redodd un i mewn i'r llall
yn union fel petaent yn ddall . . .

. . . ac yn y gwrthdrawiad
rhwng Dim a Dim Byd,
fe ffrwydrodd y Ddau
yn garlibwns i gyd;
yn yfflon, blith-draphlith,
yn filiwn o sêrs;
yn deilchion, gyrbibion,
yn racs jibidêrs!

Y Ddau Ddim ddiflannodd
o'r golwg i gyd,
gan adael ar ôl 'mond un peth –
sef y Byd!
Ond Byd ydoedd hwnnw
mewn darnau bach, mân,
fel jig-so na roed
at ei gilydd o'r blân.

A jig-so oedd hwn
oedd yn gwibio yn wyllt
heb ddim byd i'w atal,
dim cloeon, dim byllt;
a saethai y darnau
di-drefn yn eu tro
i bobman ac unman
fel pethau o'u co'.

Wir, yn yr holl gyffro
roedd popeth go whith:
roedd mwg yn yr ewyn,
a'r fflamau'n llawn gwlith;
y creigiau'n gymylau,
y tonnau ar dân;
y lleuad yn dywyll,
a'r defaid heb wlân!

8

A phopeth yn hedfan
yn hurt drwy y nen,
fe ofnai y Byd
fod y cwbwl ar ben,
hyd nes i wreichionyn bach
gyffwrdd â chraig,
a lle bu'r cyffyrddiad,
fe dasgodd y Ddraig!

A fesul gwreichionyn
drwy'r creigiau i gyd,
y Ddraig droes yn Ddreigiau
ym mhedwar ban byd,
a'u gwaith ydoedd achub
y darnau bach, mân,
a'u rhoi at ei gilydd
fel jig-so mawr, glân . . .

Ond cyn adrodd anturiaethau
achub yr holl fyd a'i ddarnau,
beth am syllu ar y Dreigiau
ddaeth o'r gwreichion bach a'r creigiau?
Beth am sylwi'n glustiau i gyd
ar y cyntaf yn y byd?
Sylwi ar y Ddraig ei hun,
Draig y Cychwyn, Draig Rhif Un.

Gwelwch, tu hwnt i'r golwg,
tua'r gwir tu hwnt i'r gwg,
mai mwy nag ewinedd main
a mil o ddanncdd milain
yw'r Ddraig hon – nid rhyw ddraig gas.
Mae hon yn Ddraig Cymwynas.

Gwn yn dda fod ganddi hi
adenydd llawn daioni,
a llygaid llawn cofleidiau
sy'n gwylio, gwylio heb gau.
Mae hon yn galon i gyd,
yn rhyfedd o ddewr hefyd,
a rhaid bod darnau ffradach
y Byd iddi'n gywion bach.

. . . Beth bynnag am hynny, mae'n fater o ffaith
fod hithau a'u Dreigiau 'di mynd ar eu taith
i chwilio yn ddyfal am ddarnau o'r Byd
a saethodd i'r gofod ar wasgar i gyd.

'Mhen blwyddyn a diwrnod, 'rôl hedfan diddarfod
a chwilio y gofod, fe ddaethant yn ôl:
pob un wedi llwyddo, pob un wedi cydio
mewn darn bach o'r jig-so a'i lusgo yn ôl.

A rhoed at ei gilydd y jig-so o'r newydd
a mawr oedd llawenydd y ddaear fawr, oll –
hyd nes iddynt sylwi wrth drafod a holi,
wrth fesur a chyfri, fod dau ddarn ar goll.

A sylwodd y Dreigiau nad dim ond y darnau
a welsant eu heisiau – ble'r oedd y Ddwy Ddraig?
Y Ddwy a fu ddewraf, y Ddwy a aeth bellaf,
y Ddwy Ddraig anwylaf o'r gwreichion a'r graig.

Ac am fod pob draig yn bwysig,
fel y darnau bach colledig,
roedd y Dreigiau i gyd yn llefen,
roedd y Byd 'dal heb ei orffen.

Clywch! Mae siffrwd ar yr awel,
mae rhyw smotyn ar y gorwel;
smotyn bach sydd, fesul tamaid,
yn troi'n Ddraig o flaen eu llygaid.

Y mae'r Dreigiau'n gweiddi'n groch:
'Dacw eto y Ddraig Goch!
Ac edrychwch, ydy wir,
y mae'n cario darn o dir!'

Ond roedd golwg boenus arni,
cleisiau cas a chlwyfau drosti:
roedd ei thafod wedi'i rwygo
a'i hadenydd wedi'u darnio.

Eto, wedi iddi lanio,
mynnodd weithio yn ddiflino
i roi'r darn o dir i'w wely
am taw'r darn o dir oedd Cymru!

Wedi hyn, gofynnwyd iddi
adrodd iddynt oll y stori;
adrodd stori'r clwyfau hynny,
adrodd stori achub Cymru.

Ond ni fynnai'r Ddraig Goch honno
adrodd stori wir y brwydro,
nac esbonio yn gyhoeddus
taw'r Ddraig arall a fu'n farus;

taw'r Ddraig arall a fu'n ceisio
dwyn dau ddarn o'r Byd a'u hawlio,
am nad oedd un darn yn ddigon –
roedd am Gymru *ac* Afallon!

Na, ni soniodd air yn wir
am yr ymladd ffyrnig, hir;
am y Ddraig ryfelgar hon,
am Afallon dros y don.

Am na wyddai'r Dreigiau'r gwir
am y Ddraig a'r darn o dir,
galwyd at y gwaith saith draig,
saith gwreichionyn o saith craig;
saith i fynd i chwilio'n hir
am y Ddraig a'r darn o dir . . .

A hyd heddiw y mae'r Saith
eto'n chwilio'r ddaear faith;
chwilio am y Ddraig a'r gwir,
chwilio am un darn o dir.

Pan Ddaeth yr Helwraig

Fflur Dafydd

Roedd Tafotan a Ceinddraig wrth eu boddau gyda dŵr. Boed yn ddŵr gwyllt, dŵr ewynnog, neu ddŵr llonydd, doedd dim byd yn well gan y ddwy ddraig na threulio oriau dan yr haul crasboeth yn nofio, plymio a neidio'n yr afon, a theimlo'n gwbl rydd yn y dyfnder glas.

Ond yn rhyfedd, nid dreigiau dŵr go iawn mo Tafotan a Ceinddraig. Doedd ond rhaid edrych ar eu croen i weld hynny. Tra bod y dreigiau dŵr yn las-claear eu lliw, croen gwyrdd fel dail y gwanwyn oedd gan Tafotan a Ceinddraig. A'r rheswm am hynny? Wel, dreigiau tir oedd Tafotan a Ceinddraig a'u croen yn wyrdd tryloyw er mwyn iddynt fedru cuddio rhag y menywod mileinig, blin a oedd wedi gwneud y tir yn gartref iddynt eu hunain. Byddai'r menywod hynny'n hela dreigiau ac yn sicr o'u dal a'u lladd onibai eu bod yn llwyddo i ymdoddi i'w cefndir naturiol ar y tir. Gwyddai Tafotan a Ceinddraig yn dda ganlyniad unrhyw symudiad sydyn, neu'r smic lleiaf o sŵn pan fyddai'r helwraig gerllaw. Fyth ers i'w mamau ddiflannu un diwrnod o'r tir . . .

Dyna pam y ciliodd Tafotan a Ceinddraig i'r afon. Ers blynyddoedd lawer roeddent wedi cyd-fyw'n ddigon hapus â'r dreigiau dŵr. Gwyddent fod y dŵr yn ddirgelwch i bobl y tir, hyd yn oed i fenywod peryglus yn llawn triciau. Roedd yr holl ogofâu a'r cuddfannau tywyll dan y dŵr yn nefoedd ar y ddaear i ddraig!

12

Ond ychydig a wyddai Tafotan a Ceinddraig fod 'na helwraig yn eu gwylio o bellter. Ac oherwydd eu lliw gwyrdd llachar, fe fedrai weld eu siâp mawr pigog nhw'n glir yn y dŵr, er iddi gamgymryd y dreigiau dŵr glas sawl tro am donnau bychain. A phetai'r helwraig ag awydd hela – y diwrnod canlynol efallai, neu ryw fin nos – doedd 'na ddim amheuaeth mai Tafotan a Ceinddraig fyddai ei tharged.

● ● ● ● ●

Nofio'n araf ar ei chefn roedd Tafotan pan ddigwyddodd daro i mewn i Hydrog, brenhines yr afon.

'Mae'n rhaid i mi siarad â chi,' meddai Hydrog wrthi'n ddistaw.

'Beth?' gofynnodd Tafotan a'i chlustiau'n llawn dŵr. Roedd llais Hydrog yn swnio fel petai gan mil o filltiroedd i ffwrdd. Ysgydwodd ei phen mawr yn rhydd o'r dŵr, gan dasgu cawod dros Hydrog. Edrychodd Hydrog arni'n flin.

'Gwranda, Tafotan,' meddai Hydrog. 'Mae 'na si ar led fod helwraig ar ei ffordd yma i hela. Os daw hi, fe fydd hi'n dy weld di a Ceinddraig ar unwaith. Fe fydd hi'n gwbod hefyd fod 'na ddreigiau dŵr yn yr afon, ac yn ein hela ni.'

'Hela?' meddai Tafotan yn ddryslyd. Roedd unrhyw sôn am hela wedi ei wthio i gefn ei meddwl ers iddi ymgartrefu yn yr afon. Ond buan yr atgoffodd Hydrog hi o'r profiad o fyw mewn ofn ac o lechu dan y dŵr wrth weld coesau'r helwraig yn tresmasu ar hyd llawr yr afon.

'Gan nad ydych chi wir yn un ohonom ni, fe fydd yn rhaid i ti a Ceinddraig fynd nôl i'r tir,' meddai, 'tan i'r helwraig fynd oddi yma.'

A chyda hynny, rhoddodd Hydrog ei chynffon i fyny i'r awyr, a nofio'n chwim i fyny'r afon. Edrychodd Tafotan arni'n mynd, mewn edmygedd ac eiddigedd. Roedd hi wedi bod yn ymarfer ers misoedd, ond eto doedd hi ddim yn medru gwneud unrhyw un o driciau rhyfeddol y dreigiau dŵr. Roedd hynny bob amser yn atgoffa Tafotan nad draig ddŵr go iawn mohoni, ac roedd hynny'n ei gwneud yn drist.

Gyda'r frawddeg 'Gan nad ydych yn un ohonom ni' yn canu'n ei chlustiau dyfrllyd, nofiodd â chalon drom at Ceinddraig, i rannu'r newydd â hi.

· 13 ·

Y bore canlynol, casglodd y dreigiau dŵr ynghŷd ar lan yr afon, a Hydrog yn eu mysg. Ei bwriad oedd gwneud yn siwr fod Tafotan a Ceinddraig yn gadael yr afon y bore hwnnw; roedd yn rhaid iddi ddiogelu ei phobl ei hun. Teimlai rhai o'r dreigiau dŵr yn anfodlon ac yn anghysurus iawn am hyn. Roedd rhai ohonynt wedi tyfu'n agos at y ddwy ddraig, heb boeni dim am liw eu cotiau llachar, nac am y ffaith nad oeddent yn medru nofio cystal â nhw. Ond Hydrog oedd brenhines yr afon, a doedd neb yn meiddio mynd yn groes i'w gair hi.

Ymhen rhai munudau, gwelwyd dau gorff mawr gwyrdd yn nofio i fyny'r afon. Edrychai Ceinddraig yn ofnus. Fedrai hi ddim cofio sut beth oedd byw ar y tir gan mai ifanc iawn oedd hi pan ddaeth i'r afon gyntaf. Roedd Tafotan, serch hynny, yn dal ei phen yn uchel. Doedd hi ddim am i'r gweddill feddwl ei bod hi'n poeni dim am y penderfyniad. Roedd hi am ddangos i Hydrog y gallai hithau fyw yn iawn hebddi.

'Bore da, bawb,' medd Tafotan'n hyderus. 'On'd yw hi'n ddiwrnod hyfryd i fynd am dro ar lan yr afon?'

Syllodd y dreigiau dŵr arnynt. Doedd neb eisiau gweld eu ffrindiau'n gadael, ac eto roedd pawb yn rhy ofnus i anghytuno â Hydrog.

Ni ddywedodd Ceinddraig yr un gair. Roedd Tafotan wedi ei siarsio i beidio â chrio. Ond roedd 'na lwmp anferth yn ei gwddf.

Cododd Tafotan ei thraed mawr gwyrdd allan o'r dŵr. Camodd i'r tir am y tro cyntaf ers blynyddoedd lawer. Teimlai ei thraed yn rhyfedd ar y carped meddal, pigog o laswellt, wedi iddi arfer cyhyd â dŵr llyfn, diferog. Ond, ceisiodd guddio'r teimlad rhyfedd hwnnw ac ymddangos yn falch ei bod yn gadael.

Yn araf, araf, fe gerddodd y ddwy ddraig werdd oddi wrth yr afon a fu'n gartref iddynt cyhyd, a chamu tuag at y goedwig.

Collwyd ambell ddeigryn distaw gan ambell ddraig las – ond sylwodd neb, oherwydd fod cymaint o ddŵr yno eisoes.

Roedd hi'n anodd iawn i'r ddwy ddraig gyfarwyddo â'r byd newydd, gwyrdd yma. Roedd y synau'n anghyfarwydd iddynt; brigau'n torri dan bwysau eu traed, y dail yn chwerthin ac yn siffrwd yn y gwynt, a'r cysgodion du, anghyfarwydd yn llawn creaduriaid bychan, sgleiniog a chanddynt nifer fawr o goesau. Teimlai'r dreigiau fel dieithriaid yma, yn rhy fawr a hyll o lawer i'r byd twt, prydferth o'u cwmpas. Ac yn barod roedden nhw'n dechrau teimlo'n ddig wrth feddwl am y dreigiau dŵr yn eu cynefin hylifog, hawdd.

Ond cyn pen dim, dyma glywed sŵn gweiddi yn y pellter. Roedd hyn yn arwydd bod yr helwraig ar ei ffordd, ac roedd yn rhaid i'r dreigiau guddio. Felly safodd Ceinddraig wrth ymyl y gwrych, tra'r aeth Tafotan i sefyll wrth ymyl planhigyn. Yn sydyn, doedden nhw ddim i'w gweld o gwbl, wrth i'w croen gwyrdd ymdoddi â byd natur.

Yna daeth yr helwraig i'r golwg. Menyw wyllt oedd hi – gwallt hyd y llawr, a gwregys o ddail am ei chorff. Yn ei llaw, a ddaliai'n uchel uwch ei phen, gallai Tafotan weld arf miniog ar flaen darn o bren, Edrychodd yr helwraig o'i chwmpas yn frysiog cyn stopio'n stond. Yna, fel petai tân dan ei thraed, rhedodd at lan yr afon, gan orwedd yn wastad ar ei bol wrth y lan, a sbecian yn hir i'r dŵr. Ond ni fedrai weld dim. Petai ond yn gwybod – roedd y dreigiau dŵr yn sbecian yn ôl arni o'u cuddfannau o dan wyneb y dŵr. Rhyfeddai Tafotan a Ceinddraig na fedrai hi eu gweld hwythau chwaith, yn enwedig gan ei bod ond ychydig fodfeddi oddi wrthi.

A hynny a arweiniodd at eu camgymeriad. Wrth weld yr helwraig yn cael ei thwyllo a'i drysu ganddynt, fe chwarddodd Ceinddraig. Chwerthin yn braf am ben yr helwraig ddisynnwyr.

Ac fe glywodd yr helwraig.

'O, ac mi rwyt ti'n meddwl dy fod ti'n glyfar, wyt ti?' gwaeddodd yr helwraig wrth ddod tuag at Ceinddraig. 'Wel, ry'n ni fenywod yn gallu chwerthin hefyd.'

A chyda hynny, chwarddodd yn uchel, uchel dros bob man, gan glymu rhaff am wddf Ceinddraig yr un pryd.

Erbyn hyn, roedd Tafotan mewn trafferthion hefyd. Roedd un o'r creaduriaid bach dieithr hynny a chanddynt adenydd, wedi mynd i fyny'i thrwyn. Ac roedd e'n ei goglais a gwneud iddi fod eisiau tisian.

'Tiswwwwwwwwwwww!' tisiodd Tafotan dros bob man. Ac wrth gwrs, gallai'r helwraig nawr ei gweld yn glir y tu ôl i'r gwyrddni. Gosododd raff arall am wddf Tafotan.

'Fi pia chi nawr!' broliodd yr helwraig. 'Ac fe gewch chi fy helpu i i ddal yr holl ddreigiau eraill yn y dŵr!'

Roedd y dreigiau dŵr wedi bod yn gwrando'n astud ers rhai munudau. Roedd Hydrog wedi dechrau teimlo'n flin dros Tafotan a Ceinddraig erbyn hyn. Gan nad oedden nhw wedi arfer â'r tir, doedd ganddyn nhw ddim syniad sut i amddiffyn eu hunain, na sut i guddio rhag yr helwraig ddrwg. Roedd angen help arnyn nhw.

Casglodd Hydrog y dreigiau dŵr at ei gilydd mewn un man. Rhaid oedd gwneud rhywbeth ar frys. Drwy lwc, roedd ganddi syniad. Sibrydodd ei

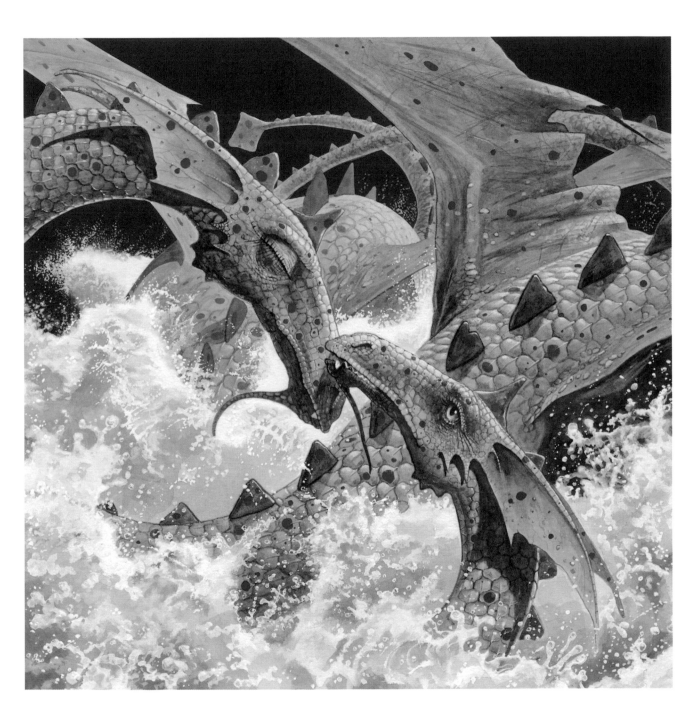

chyfrinach wrth y gweddill ac ymhen dim roedd ei chynllun arbennig ar waith, a phob un o'r dreigiau dŵr yn benderfynol o achub Ceinddraig a Tafotan.

Yn ddistaw a gofalus, aethant fel byddin fechan i ganol yr afon, a dechrau troelli'r dŵr â'u cyrff. Troelli a throelli nes bod yr afon yn ewynnu a chodi'n fawr, fawr – mor fawr nes boddi'r glannau o'u cwmpas a rhuthro dros y goedwig mewn tonnau anferth.

Rhuthrodd y don fwyaf un tuag at y man lle roedd yr helwraig yn sefyll yn syn, a'r ddwy ddraig yn dal ynghlwm wrth ei rhaffau. Roedd Ceinddraig a Tafotan wrth eu boddau'n teimlo dŵr o'u cwmpas unwaith eto, ac o sylweddoli nad oedd eu ffrindiau yn yr afon wedi anghofio amdanynt. Heb oedi eiliad, neidiodd y ddwy am eu bywydau i mewn i'r llif cyfarwydd, gan chwipio'u cynffonnau ac ysgwyd eu cyrff yn llawn cyffro. Mewn eiliadau roedd y rhaffau wedi llacio a'r dreigiau dŵr yn nofio'n llawen o gwmpas Tafotan a Ceinddraig. Dyna groeso braf a gawsant!

A'r helwraig flin? Daeth ton ffyrnig a'i chario ymaith – i lawr yr afon, allan i'r môr, ac i ynys bell, bell. Fe'i gadawyd hi yno ar ei phen ei hun, a chafodd ddigon o amser i alaru a difaru.

'Nôl yn nŵr yr afon, roedd digon o hwyl i'w gael. Ond o edrych ar Tafotan a Ceinddraig yn ofalus wrth iddynt brancio'n agos at y lan, roedd un peth yn wahanol. Roedd rhywbeth rhyfedd iawn wedi digwydd pan darodd y don yn erbyn y ddwy ddraig ar y tir. Fe adawodd y don farciau glas ar eu croen, fel y gallent hwythau, hefyd, fel dreigiau dŵr go-iawn, gael eu camgymryd am ewyn neu don yn y dŵr. Y tro nesaf y byddai rhyw helwraig flin yn dod heibio felly, byddai Ceinddraig a Tafotan yn ddiogel.

18

Y Ddraig Fach Ddewr

Mererid Hopwood

'n ddewr iawn, fe saif un ddraig,
    draig fach hynod, yn gryndod ar ymyl y graig.

Draig sydd rhyw fymryn yn drist,
yn ddraig unig,
a rywsut, mae'n ddrwg gen i amdani.

Welwch chi hi?

Yn y fan hon,
mae'n disgwyl am un i'w dysgu
sut i hedfan.

Mae'n dweud yn dawel, wrthi hi ei hunan:

'Fe ddaw – yn y man;
rhaid i mi aros ychydig mwy.
Amynedd! Ac fe fydd munud
yn troi'n awr, ac awr yn dod ag un i'm helpu.
Oes, mae'n rhaid i mi aros,
aros tan y nos,
yna'n wir
fe ddaw . . .'

Ac mae'n aros ac aros
am yr un sydd ar gyrraedd.

'Fe ddaw, maes o law,' meddai'r ddraig drachefn,
'i'm harwain uwch y wlad,
rwy'n siŵr,
ac uwch y dŵr . . . os dŵr yw'r drych sy' o dan . . .'

A chan lyncu ei geiriau, rhyw fymryn yn nerfus, mae'n syllu
draw i'r bae ym mhen draw'r byd,
ac ofn yn llenwi ei llygaid i gyd.

19

O! Mae arni ofn mawr mawr, ofn mwy na'r môr.

A pham, medde chi, fod yna ddraig fach ddi-fam
yn sefyll mor betrus uwch y tonnau? Pam?

Mae'n stori hir, ond yn stori wir;
stori draig, un fach fach, a fu, un prynhawn,
yn ddraig ddewr iawn.

– – ● – –

Chi'n gweld, yng ngwlad y dreigiau,
roedd yna ddraig ddrwg ymhlith y plant,
ac er nad oedd y lleill yn seintiau,
ac nad oedd neb heb ei fai,
roedd hon yn hen ast o ddraig,
un â gwg yn amlach na gwên,
un a fagai genfigen yn ei chalon, ac roedd hon o hyd
yn hen ddraig ddiog, bigog a balch
a dreuliai'r dydd
yn ddigymwynas,
ac yn gas i gyd.

Roedd gan hon
ryw hen hanes anghynnes o hyd,
hen glecs a gariai i glyw
pawb a phobun,
a heb chwarae 'da'r dreigiau bach eraill
byddai hon yn eu gwylio o bell,
a heb ddim byd gwell i'w wneud
byddai'n eu gwenwyno â'i gwg,
ac yna
yn pigo ar un – y lleiaf o hyd –
dyna yw hanes bwlis y byd.

Doedd neb, wrth reswm, yn hoffi hon.
OND, ac mae'n OND mawr,
roedd hi'n ddraig FAWR.
Yn fawr am ei hoed –
gallai fwyta coed,
a chwythu tân heb dagu ar fwg,
a thaflu fflamau
heb losgi'i thafod
na'i ffroenau
ac roedd hynny'n destun rhyfeddod
i holl blant y dreigiau.

20

A mwy na hynny, honnai y gallai hedfan yn barod!
Hedfan am oriau uwch y cymylau . . .
Testun mwy o ryfeddod!

Magodd hyn ryw edmygedd rhyfedd
ym mynwes gynnes y dreigiau bach i gyd,
rhyw Amharchedig Ofn. MAWR.

Arferai gydio'n y rhai bach a'u codi o'r llawr
a bygwth eu taflu at fflamau'r wawr
a'u llosgi nhw'n ulw . . .
a dwedai na fyddai neb
yn eu clywed nhw'n galw.

● ● ■ ● ●

Roedd y dreigiau bach wedi cael digon,
a dyma benderfynu un noson
        gynnal cyfarfod, un cyfrinachol,
        ymhell o olwg y ddraig fygythiol.

    'Reit,' meddai un, cadeirydd y cwmni,
'sut meddech chi mae cael gwared ar fwli?'
A bu tawelwch; doedd gan neb syniad
sut i fynd ati i gyflawni eu bwriad.

Pesychodd un, a dechreuodd y gweddill
feddwl yn siŵr nad oedd modd iddynt ennill.
Ac yna, yn sydyn, daeth llais bach o'r gornel,
llais draig yn sibrwd yn dawel, dawel . . .

Llais oedd rywle rhwng canu a siarad,
ei nodau'n felys a'i geiriau'n gariad:
'Chwyldro amdani! Troi dalen newydd!
fe daclwn ni'r cyfaill gyda'n gilydd.

'Rhaid dangos iddi nad ydyn ni'n barod
i fyw mwyach gyda'r fath ddiflastod.
Dangoswn iddi mor fendigedig
yw bod gyda'n gilydd yn ddreigiau caredig.

'Heb ymladd o gwbwl, cawn chwyldro bach tawel
gyda help yr haul a'r glaw a'r awel.

A fory fe wnawn ein gorau glas
i waredu'r ddraig o'i geiriau cas.'

● ● ■ ● ●

Ac felly bu.
Daeth fory.
A'r ffrindiau bach yn barod amdani!

Roedd yr haul a'r glaw a'r gwynt ei hun
yn rhan o'r cynllun – a phawb yn gytûn.

Toc wedi cinio,
dechreuodd y cwyno,
a gwg y ddraig fawr
yn ceisio gwenwyno'r criw.

Ond heddiw, ni lwyddodd.

Roedd heddiw'n wahanol . . .

Wrth i'r ddraig fawr ddechrau ar ei phigo,
rhoddodd y ddraig fach arwydd i'r haul,
a chynheuodd hwnnw'r holl eiriau cas
a'u troi yn fflamau eirias.
Cydiodd y gwynt yn y cwbl i gyd
a throi y tân tu fewn tu fas,
nes i holl wreichion y geiriau ddod am nôl
a bygwth llosgi tafod y ddraig fawr ffôl.

'Help!' gwaeddai'r ddraig.
'Helpwch fi!
Fy ffrindiau mwyn!' – wrth i dân y llythrennau gosi ei thrwyn.

'Mae pob sill yn wenwynig
a phob gair yn ddieflig!
Dewch ffrindiau bach,
rwy'n gwbl ddiffuant!
Plîs! Plîs,' pesychodd,
'a gaf i faddeuant?'

A chyda hynny,
a hithau mewn braw
diffoddwyd y fflamau
gan gawod o law . . .

Doedd dim math o graith
ar y ddraig ddrwg
a diflannodd y bwli
mewn pwff o fwg.

Dysgodd ei gwers, a nawr,
dim ond tân geiriau glân

a ddaw o enau'r ddraig fawr,
tân heb lygredd
a'i fflamau'n wirionedd,
tân i gadw'r byd yn gynnes
a chynnau gwên mewn enaid a mynwes.

● ● ● ● ●

A dyma, o'r diwedd, ddod at pam
fod un ddraig
fach, ddi-nam
yn sefyll ar ymyl y graig.

Chi'n gweld,
er yr honiadau,
ni allai'r ddraig ddrwg
hedfan uwch y cymylau!

Rhaid ennill pâr o adenydd
a'r hawl i hedfan ar yr awel rydd.

A hwn yw'r dydd
pan fydd y ddraig fach
yn rhannu cyfrinach
yr awyr iach.

Yn wobr am ei dewrder a'i chynllun arbennig
fe gaiff hi heddiw adenydd bendigedig.

A phan ddaw'r nos a'i golau arian
fe ddaw draig y sêr i roi gwersi hedfan,
draig sy'n disgleirio'n ymyl y lleuad
draig sydd a'i thân yn cynnau cariad.

A rywle uwchben pawb o hyd
mae seren arbennig sy'n wên i gyd,
seren all arwain at antur fawr,
seren sy'n disgwyl amdanom bob awr.

Ac er bod ofn ym mhob mentro,
fe fydd y ddraig fach heno
yn fwy o ddraig o'r hanner . . .

at y sêr
yn y man
fe fydd hon yn hedfan!

Stori hir, ond stori wir – a dyna yw hanes pob draig.

Y Darogan-Ddreigiau

Caryl Lewis

Mae pawb yn gwybod bod dreigiau o wahanol feinitiau a gwahanol liwiau i'w cael mewn gwahanol wledydd o gwmpas y byd. Ac mae'r rhan fwyaf o bobl yn gwybod bod rhai dreigiau'n anweledig, bod rhai'n medru anadlu dŵr a rhai'n medru byw ynghanol fflamau llosgfynyddoedd.

Ond ychydig iawn sy'n gwybod am y math mwyaf annelwig, y math mwyaf arbennig a'r mwyaf pwysig o'r holl ddreigiau, sef y Darogan-ddreigiau. Er y gallaf rannu cyfrinachau'r Darogan-ddreigiau gyda chi, ychydig iawn ohonoch fydd yn clywed neu'n gweld Ddarogan-ddraig er eu bod nhw o'n cwmpas ni bob dydd. A dweud y gwir, mae un yn eistedd ar fy ysgwydd i wrth i mi siarad ac mae'n hollol bosib fod yna un yn edrych dros eich ysgwydd chithau wrth i chi wrando.

Y Darogan-ddreigiau yw'r prydferthaf a'r mwyaf bregus o'r holl ddreigiau. Mae eu croen yn symudliw, gan newid i gydweddu â'r byd o'u hamgylch. Os byddant yn cysgu'n braf ar fwa'r enfys (ac maen nhw'n hoffi gwneud hynny), bydd eu croen yn llifo'n seithliw. Neu os byddant yn eistedd uwchlaw awyr o gymylau gleision, bydd y lliwiau o'u cwmpas yn toddi i'w croen nes eu gwneud bron yn anweledig – heblaw i'r rhai sy'n gwybod am beth i edrych.

Ond nid dyma'r peth mwyaf rhyfedd am y Darogan-ddreigiau. Y peth mwyaf arbennig amdanynt yw eu bod yn medru darogan y dyfodol. Mae Darogan-ddreigiau yn canu ac yn sibrwd drwy'r amser, ac mae eu lleisiau'n anodd iawn i'w hanwybyddu. Gallant ddeall ieithoedd tywyll a darllen arwyddion yr amseroedd a'r tywydd, a thrwy hynny gallant rybuddio dreigiau eraill am unrhyw dda neu ddrwg sy'n debygol o'u hwynebu. Mae'r Darogan-ddreigiau'n edrych ar y byd o'u cwmpas, a gallant weld holl atgofion y byd a'r dyfodol yn glir o flaen eu llygaid fel mewn llyfr. Ond yn wahanol i lyfr, yng nghanghennau'r coed, yn y niwl a godai o'r môr, ac yng nghodi a machlud yr haul yr ymddangosai'r cyfan.

Goradan oedd y Ddarogan-ddraig gyntaf ac roedd hi'n byw ar lan y môr yng Nghymru. Draig brydferth iawn oedd hi a chanddi lais prydferth a chlir. Ond roedd y dreigiau eraill braidd yn amheus o Goradan, a rhai hyd yn oed yn eu hofni. Golygai hyn ei bod yn treulio llawer o amser ar ei phen ei hun. Doedd ganddi ddim ffrindiau i ymddiried ynddynt ac roedd canu'r daroganair bob dydd ar ei phen ei hun yn waith blinedig. Byddai'n aml yn mynd i deimlo'n wan, ac ar adegau felly, byddai Goradan yn ei chael hi'n anodd i newid ei lliwiau ac ymdoddi gystal i'r byd o'i chwmpas. Ar ben hynny roedd Goradan yn aml yn cael ei dychryn gan lawer o'r hyn y gallai ei weld a'i deimlo.

Beth bynnag, rhyw ddiwrnod, a hithau wedi bod yn gorwedd wrth lan yr afon drwy'r bore yn darllen y cerrig ar ei gwely, fe welodd rywbeth yn llif y dŵr na welodd hi erioed o'r blaen. Yno, yn y gwaelodion, gwelodd ddelwedd a fyddai'n newid ei bywyd hi a bywydau pob draig arall ar wyneb y ddaear am byth. Craffodd i'r dŵr, a gweld dreigiau'n cael eu hela a'u lladd – a hynny gan fath newydd o ddraig nad oedd Goradan wedi gweld ei thebyg erioed o'r blaen. Roedd gan y ddraig yma ddwy goes ac roedd ei chroen wedi'i orchuddio gan arfwisg o gennau. Cafodd Goradan ei dychryn cymaint gan yr hyn a welodd nes i'w chalon droi'n dalp o rew. Cododd a hedfan tuag at y môr gan lanio ar garreg fawr oedd yn edrych allan dros arfordir Cymru i gyd. Ar unwaith, dechreuodd ganu daroganair newydd:

'Yn nrych yr afon rwy'n gweld yn glir
Ddreigiau dwygoes ar y tir,
Ac wir i chi, rwy'n berffaith siŵr
Y bydd gwaed y dreigiau yn y dŵr.'

Fe ganodd ac fe ganodd yn uchel, uchel, er mwyn ceisio rhybuddio'r dreigiau erall am yr hyn a welodd yng ngwely'r afon. Canodd y daroganair nes bod y tywyllwch yn chwyrlïo o'i chwmpas.

Y bore wedyn, roedd Goradan yn dal i ganu a dechreuodd rhai o'r dreigiau eraill hedfan uwch ei phen.

'Beth sy'n bod arni?'

'Dreigiau dwygoes? Ha!'

'Mae wedi colli'i phwyll!'

Gwrandawai'r dreigiau ar gân Goradan, heb fedru deall ei neges. Daeth rhagor o ddreigiau yn y prynhawn, ond fedrai neb ddyfalu beth oedd yr holl ganu croch. Aeth wythnos heibio, a Goradan yn dal i ganu, ddydd a nos. Daeth dreigiau o bob cwr o'r byd, a rhai oedd yn deall bob iaith, ond er gwrando'n astud, ni fedrent ddeholi ei neges Roedd pawb yn rhy brysur yn eu bywydau bob dydd, ac yn methu clywed ymhellach na'u cân nhw eu hunain.

'Yn nrych yr afon rwy'n gweld yn glir
Ddreigiau dwygoes ar y tir . . .'

Canodd a sibrydodd Goradan am ganrif gyfan gan ddod yn enwog ymysg y dreigiau. Aeth sôn amdani cyn belled â'r Andes, i berfeddion Rwsia a hyd yn oed at y dreigiau oedd yn byw ym mola llosgfynydd Pompeii. Daeth miloedd o ddreigiau ar bererindod i weld Goradan ond, bob nos, câi ei gadael ar ei phen ei hun i ganu'n dawel. Erbyn hyn, roedd Goradan yn wan iawn a'r lliwiau ar ei chroen yn pylu.

Er cymaint oedd caredigrwydd ac amynedd dreigiau fel arfer, roedd ambell un wedi cael digon ar gân ddiflas Goradan ac fe ddaeth criw o ddreigiau at ei gilydd er mwyn meddwl beth i'w wneud.

'Mae pob draig yn y byd wedi ei gweld a neb yn ei deall.'

'Ry'n ni wedi cael digon.'

'Tawelwch! Tawelwch!'

'Ry'n ni wedi ceisio ei hanwybyddu, ond does dim pall arni!'

'Rhaid i ni ei thewi!'

Ymledodd yr anniddigrwydd, nes i griw o ddreigiau benderfynu mynd i'r afael â Goradan unwaith ac am byth. Ond oherwydd bod Goradan yn medru rhagweld y dyfodol, roedd hi'n barod ar gyfer y garfan fawr a ddaeth drwy niwl y bore i'w chyfarfod. Syllodd arnynt yn ei gwendid. Gwyddai fod pethau'n edrych yn ddu iawn arni. Dechreuodd dagrau lifo'n ffrwd o'i llygaid wrth iddi geisio ailadrodd ei chytgan yr un mor ddiffuant ag erioed:

> 'Yn nrych yr afon rwy'n gweld yn glir
> Ddreigiau dwygoes ar y tir . . .'

'Tawelwch!' bloeddiodd y garfan. 'Rwyt ti wedi canu am dros gan mlynedd, a does dim byd wedi digwydd. Nawr bydd ddistaw!'

Canodd Goradan ymlaen yn ei dagrau.

> 'Ac wir i chi, rwy'n berffaith siwr
> Bydd gwaed y dreigiau yn y dŵr.'

'Dy waed di fydd yn y dŵr! Dyma dy siawns olaf di!'

Wedi hen syrffedu ar ei darogan gwae, ymosododd y giwed dreigiau arni'n ffiaidd, a chan na allai Goradan ei hamddiffyn ei hun yn ei gwendid, fe'i lladdwyd yn gelain yn y fan a'r lle gan roi taw ar ei chân unwaith ac am byth. Holltwyd ei gwddf ar agor gan adael i'w sibrwd ddiferu'n dawel i'r môr hallt, a oedd erbyn hynny'n llepian gwaelod y garreg y bu Goradan yn canu arni ers can mlynedd. Syllai'r dreigiau ar ei gilydd, yn gymysg o gyffro, buddugoliaeth a hiraeth. Roedd y tawelwch yn fwy nag y gallai eu chlustiau ddioddef.

Gannoedd o flynyddoedd yn ddiweddarach, daeth dyn i'r ddaear, yn union fel yr oedd Goradan wedi'i ragweld, ac fe gafodd nifer o'r dreigiau hynny a laddodd ac a wawdiodd Goradan eu lladd ganddo.

Fel y gwyddoch, dyw dreigiau ddim yn gadael olion, nid fel deinasoriaid. Mae eu hesgyrn yn troi'n ddim cyn iddyn nhw ddiflannu'n llwyr. Ond nid felly'r Darogan-ddreigiau. Ar ôl cael ei lladd, fe esgynnodd enaid a chân

Goradan i'r sêr, ac mae yna glwstwr o sêr o'r enw *Clwstwr y Ddraig* neu *Draco* wedi cu hcnwi ar ci hôl. Dyma'r sêr anfarwol na fydd fyth yn symud nac yn pylu. Maen nhw i'w gweld bob nos os edrychwch chi i'r Gogledd. Roedd y bobl gyntaf a gerddodd y ddaear yn yr Aifft hyd yn oed yn troi eu pyramidiau tuag at *Draco* i sicrhau bod y bobl a gladdwyd ynddynt yn medru gweld golau Goradan o'u beddau.

Heddiw, mae Darogan-ddreigiau yn cael eu parchu'n fawr gan ddreigiau o bob math. Dywed rhai mai nhw sy'n sibrwd yn eich clust wrth i chi wneud rhywbeth drwg, neu sy'n eich canmol pan fyddwch yn dda. Maen nhw'n sibrwd yng nghlustiau'r rhai sy'n rhyfela ac yn gas wrth eraill, ac fe fyddant yn dal i sibrwd wrthynt pan fyddan nhw'n ceisio cysgu yn nyfnderoedd y nos. Ychydig iawn sy'n medru eu hanwybyddu am amser hir, hyd yn oed y bobl mwyaf pwerus yn y byd. Cred rhai bod y dreigiau'n sibrwd mwy wrth y beirdd, tra bod eraill yn dweud bod y Darogan-ddreigiau yn dewis siarad â dim ond ambell un, yn enwedig plant. A phwy a ŵyr, os digwydd i chi wrando'n dawel iawn.

30

Campau Colfryn

Helen Emmanuel Davies

afai Gwydion y porthor wrth borth mawr y castell, yn mwynhau gwres haul y gwanwyn. Gwelai'r ŵyn yn prancio yn y meysydd o gwmpas y castell. Yn sydyn, sylwodd ar fflach o oleuni wrth i'r haul daro ar arfwisg marchog oedd yn nesáu. 'O na!' meddai wrtho'i hun. 'Un arall sy eisiau bod yn un o farchogion y Ford Gron.'

Cyrhaeddodd y marchog borth y castell. Neidiodd oddi ar ei farch du hardd a chyhoeddi'n bwysig, 'Henffych, borthor, dywed wrth y Brenin Arthur fod Colfryn y marchog yma.'

'Dydy'r brenin ddim ar gael,' atebodd Gwydion yn swta.

'Ond rwyf wedi dod yma i fod yn un o farchogion y Ford Gron,' meddai Colfryn. 'Rydw i'n gryf,' ymffrostiodd, 'ac mae . . .'

Torrodd Gwydion ar ei draws yn ddiamynedd. 'Mae'n rhaid i farchogion brofi eu hunain,' meddai. 'Rhaid i ti gyflawni gweithred ddewr ac ardderchog a dychwelyd o fewn blwyddyn â phrawf o'th gamp.'

'Y? Gweithred ddewr? Fi? Prawf? Ond . . .'

'Os wyt ti'n dychwelyd flwyddyn i heddiw â phrawf o'th gamp, cei weld y Brenin Arthur,' meddai'r porthor. Yna trodd ar ei sawdl a diflannu i mewn i'r castell.

Edrychodd Colfryn yn syn ar ei ôl. Camp? Prawf? Fi yw'r marchog dewraf yn y byd, meddyliodd yn ddig. Dringodd ar gefn ei farch du a'i sbarduno'n ffyrnig nes i'r ceffyl weryru a chychwyn i ffwrdd ar garlam.

● ● ● ● ●

31

Aeth tri mis heibio. Tywynnai haul tanbaid mis Gorffennaf ar Colfryn wrth iddo farchogaeth yn araf ar hyd dyffryn sych ym Mhowys. Tri mis o grwydro, a dim argoel o gamp i'w chyflawni! Neb i'w achub, dim bwystfil na draig i'w lladd, ac ew, roedd hi'n boeth yn yr arfwisg yma, meddyliodd. Yn sydyn, hedfanodd aderyn allan o ddrysni cyfagos ac i fyny i'r awyr.

Dychrynodd y march a gweryru. 'Bydd dawel!' gwaeddodd Colfryn yn gas gan roi plwc i'r awenau. Ond yn sydyn daeth gwên gyfrwys dros ei wyneb. Wrth gwrs! Dyna'r ateb! Roedd gan Colfryn un ddawn arbennig – gallai newid i ffurf unrhyw beth byw ar wyneb y ddaear. Meddai wrtho'i hun, 'Os gwna i droi'n aderyn, galla i hedfan dros Gymru'n chwilio am gamp i'w chyflawni. Bydd hynny'n arbed llawer o amser.'

Ar unwaith, clymodd y march wrth goeden a diosg ei arfwisg. Yna caeodd Colfryn ei lygaid yn dynn a chanolbwyntio. Trodd yn hebog – ymhen munud roedd yn hedfan yn uchel yn yr awyr ac yn edrych i lawr dros y wlad. Hedfanodd yn gryf o Bowys i Glwyd ac o Glwyd i Wynedd. Gwelai bobl ac anifeiliaid, yn fân fel pryfed, yn mynd o gwmpas eu pethau'n dawel. Dim byd diddorol yn unman, meddyliodd yn siomedig. Ond wrth hedfan dros Feirionnydd sylwodd yn sydyn ar rywbeth mawr coch wrth droed Cader Idris. Beth yn y byd oedd yno? Disgynnodd er mwyn cael gweld yn well. Draig oedd yno! Draig goch!

Teithio tua'r de roedd y ddraig, yn chwilio am le tawel i ddodwy ei hwyau. Gwyddai y byddai angen lle diogel arni, ymhell oddi wrth bobl, lle y gallai eistedd ar yr wyau nes iddynt ddeor a lle y gallai'r dreigiau bychain gryfhau. Roedd y ddraig yn rhy drwm erbyn hyn i hedfan, a theithiai'n araf gan orffwys yn aml oherwydd gwres yr haul. Roedd hi wedi blino'n lân! Yn sydyn sylwodd ar gysgod uwch ei phen; edrychodd i fyny a gweld llygaid cas yr hebog yn syllu arni. Dychrynodd; siglodd ei hadenydd cryfion a hisian yn ffyrnig. Trodd Colfryn a hedfan i ffwrdd nerth ei adenydd!

Hedfanodd yn ôl i Bowys, gan wneud ei gynlluniau ar y ffordd. 'Dyma fy nghyfle,' meddai wrtho'i hun. 'Rhaid i fi ladd y ddraig a mynd ag un o'i dannedd; yna fe ga i fod yn un o farchogion y Ford Gron.' Dychmygodd ei hun yn eistedd wrth y Ford Gron, ac Arthur a'i farchogion i gyd yn edmygu ei ddewrder . . .

● ● ● ● ●

Aeth tri mis arall heibio. Ymlwybrodd y ddraig yn araf tua'r de. Gwyddai fod yn rhaid iddi ddod o hyd i ogof addas i ddodwy ei hwyau cyn y gaeaf. Ond roedd y daith yn anodd, oherwydd ceisiai gadw ymhell oddi wrth bobl, yn enwedig marchogion. A gwyddai erbyn hyn fod marchog â cheffyl du yn ceisio'i hymlid. Bu'n rhaid iddi guddio mewn coedwig neu ogof fwy nag unwaith pan ddaeth yn rhy agos ati.

Ond beth am Colfryn? Roedd e mewn tymer ddrwg iawn. Misoedd o chwilio a dim sôn am y ddraig! Roedd wedi marchogaeth o gwmpas Meirionnydd, Powys a Cheredigion. Ymhob pentref, holai'n bwysig, 'Welsoch chi ddraig yn unman? Dwi eisiau'i lladd hi a chymryd un o'i dannedd. Dwi'n mynd i fod yn un o farchogion y Ford Gron.'

Ond syllu'n syn arno wnâi pawb. Doedd neb wedi gweld y ddraig. Weithiau teimlai Colfryn fod pobl yn chwerthin am ei ben . . .

Yna un diwrnod ar ddiwedd mis Hydref, wrth iddo arwain ei geffyl dros ryd afon Rheidol yn Llanbadarn, gwelodd Colfryn gynffon hir goch yn llithro dros y bryn o'i flaen. Llamodd ar gefn ei geffyl ar unwaith a'i sbarduno i garlamu nerth ei draed nes fod chwys fel ewyn gwyn ar ei gefn. Dyma'r ddraig! Dyma hi o'r diwedd! Gwelodd Colfryn gen coch ac adain fawr yn diflannu i mewn i goedwig fechan.

Neidiodd oddi ar y ceffyl a symud yn llechwraidd i mewn i'r goedwig. Safai'r ddraig mewn llannerch fechan, yn bwyta mes oedd wedi disgyn oddi ar dderwen fawr gerllaw. Roedd hi'n flinedig ac yn llwglyd – wnaeth hi ddim sylwi ar y marchog yn nesáu â'i gleddyf yn ei law . . .

Ond yn sydyn syrthiodd Colfryn dros wreiddyn; trodd y ddraig ei phen a sylweddoli ei bod mewn perygl. POERODD anadl danllyd at y marchog. Roedd y goedwig yn sych a dechreuodd y prysgwydd losgi o gwmpas traed Colfryn. Cododd mwg wrth i'r tân afael – allai Colfryn ddim gweld o'i gwmpas o gwbl. Allai e ddim dianc i unrhyw gyfeiriad chwaith! Beth wna i? meddyliodd. Caeodd ei lygaid a chanolbwyntio, a throdd yn wiwer goch! Dringodd ar ei union ar un o frigau'r goeden agosaf, yna NEIDIO o goeden i goeden nes ei fod allan o berygl. Wrth newid yn ôl i ffurf dyn, edrychodd Colfryn yn ôl – roedd mwg ymhob man, ac roedd y goedwig yn llosgi'n ulw, ond doedd dim sôn am y ddraig . . .

● ● ● ● ●

Roedd hi'n ddechrau Rhagfyr cyn i'r ddraig ddod o hyd i ogof addas ar draeth anghysbell, unig ym Mhenfro. Roedd hi wedi blino'n lân ar ôl ei thaith hir, ond roedd yr ogof yn ddiddos. Casglodd fwsog a brigau a llwyni bychain a'u plethu'n nyth cadarn. Ynddo dyma hi'n dodwy dau wy, ac eistedd arnyn nhw i'w cadw'n gynnes nes iddyn nhw ddeor. Roedd hi'n dawel ac yn dywyll yn yr ogof, ond doedd dim ofn ar y ddraig. Clywai'r gwynt yn rhuo a rhyferthwy'r tonnau'n torri ar y traeth y tu allan, ond roedd hi'n glyd ar ei nyth. Weithiau pan oedd hi'n llwgu, âi allan i chwilio am fwyd – cnau neu bryfed neu ambell bysgodyn . . .

Erbyn hyn roedd Colfryn yn llwyr o'i gof. 'Dydy tipyn o ddraig ddim yn mynd i gael fy nghuro i,' meddai'n gynddeiriog wrth unrhyw un oedd yn barod i wrando. 'Fi, y marchog dewraf yng Nghymru! Fi, sy'n mynd i fod yn un o farchogion y Ford Gron!'

Carlamodd yn wyllt o gwmpas Ceredigion nes bod pawb yno wedi cael llond bol arno! Yna trodd tua'r de, i sir Benfro. Ac yntau'n crwydro'r arfodir heb fawr o obaith dod o hyd i'r ddraig, daeth tywydd garw – stormydd ofnadwy o wynt a glaw. Roedd yn rhaid i Colfryn gysgodi rhagddynt ble bynnag y gallai – erbyn hyn roedd yn falch o'i arfwisg! Yna un noson daeth yr eira. Collodd Colfryn ei ffordd yn llwyr a phenderfynodd gysgodi o dan graig fawr nes i'r tywydd wella. Daeth mwy a mwy o eira gan droi'r byd i gyd yn wyn. Bu Colfryn yn hepian cysgu o dan ei graig am oriau ac oriau, yna'n sydyn deffrodd a gweld ei bod yn ddiwrnod braf, a'r haul yn tywynnu mewn awyr las. Cododd ar ei draed ac edrych o'i gwmpas. Gwelodd ei fod ar draeth; gwelodd fôr glas o'i flaen – ac allai e ddim credu ei lygaid! Yno ar lan y môr roedd y ddraig! Disgleiriai ei chen coch yng ngoleuni'r haul! Roedd ei chynffon hir fel afon waedlyd yn ymlusgo ar hyd yr eira!

Cuddiodd Colfryn yn gyflym y tu ôl i'w graig. 'O'r diwedd!' meddai

wrtho'i hun yn orfoleddus. 'Chaiff hi ddim dianc y tro yma!' Ceisiodd feddwl yn gyflym. Sut gallai e ladd y ddraig? Rhaid i mi fod yn gyfrwys, meddyliodd.

Roedd y ddraig yn crwydro'n araf ar hyd y traeth a'i phen i lawr. Toddai'r eira o dan ei hanadl danllyd, ac roedd hi'n ei yfed wrth iddo doddi. Doedd hi ddim wedi bod allan o'r ogof ers rhai dyddiau oherwydd y storm, ac roedd hi'n sychedig.

Cynlluniodd Colfryn yn ofalus. Os gwna i droi'n bysgodyn, meddyliodd, galla i nofio i mewn gyda'r llanw. Yna fe wna i newid yn ôl i ffurf marchog a tharo'r ddraig ar ei thalcen ag un o'r cerrig mawr oddi ar y traeth. Wedyn fe alla i ei lladd hi â'm cleddyf a thorri un o'i dannedd. Tynnodd Colfryn ei arfwisg oddi amdano. Brrr! Roedd hi'n oer! Gan ddilyn cysgod y graig, aeth ar ei gwrcwd at lan y môr. Caeodd ei lygaid a chanolbwyntio; neidiodd i mewn i'r dŵr.

Nofiodd Colfryn i ffwrdd o'r lan. Edrychodd o'i gwmpas a gweld y ddraig yn sefyll wrth lan y môr. Roedd troi'n bysgodyn yn syniad da, meddyliodd. Dechreuodd nofio tuag at y ddraig. Ond roedd y llanw'n gryf. Roedd yn ei gario'n rhy gyflym i'r lan! Ceisiodd Colfryn nofio'n ôl allan i'r môr, ond roedd y llif yn rhy gryf. Gwelodd gen coch disglair, cynffon o liw gwaed . . . Naaaa!

Golchai'r tonnau'n ysgafn dros draed y ddraig. Yn sydyn teimlodd rywbeth yn taro yn erbyn ei chynffon. Trodd a gweld pysgodyn – un tew, braf hefyd! Gafaelodd ynddo â'i chrafanc finiog. Caf fi frecwast blasus heddiw, meddyliodd . . .

⬤ ⬤ ⬤ ⬤ ⬤

Aeth tri mis arall heibio a daeth y gwanwyn. Yn y llys, roedd y brenin Arthur a marchogion y Ford Gron yn ymgasglu. Safai Gwydion y porthor wrth borth mawr y castell, yn gwylio'r ŵyn yn prancio yn y meysydd o gwmpas y castell. Cofiodd am y marchog ddaeth ar ei geffyl du ar ddiwrnod tebyg flwyddyn yn ôl. Gwenodd Gwydion wrtho'i hun a siglo'i ben. Ddaeth hwnnw byth yn ôl, meddyliodd.

Yn sir Benfro, chwaraeai dwy ddraig fechan yn hapus yn yr haul ar draeth unig, dan lygaid gofalus eu mam . . .

36

Y Dreigiau Piws

Bethan Gwanas

Ro'n i tua saith oed pan ddigwyddodd o, ac mae hynny dros wyth deg mlynedd yn ôl bellach. Doedd 'na neb yn fy nghredu i, wrth gwrs, ac roedd Mam a Dad yn rhoi chwip din i mi bob tro ro'n i'n ceisio adrodd yr hanes.

'Paid, Llew!' fydden nhw'n hisian, 'ti'n codi cywilydd arnan ni'n rhaffu celwyddau fel'na !'

Roedd fy athro i'n yr ysgol yr un fath yn union, yn rhoi'r gansen i mi bob tro ro'n i'n 'malu awyr am bethau hurt eto fyth, Llewelyn Ifas!' Ac roedd y gweinidog yn deud 'nad oedd Iesu Grist yn hoffi plant bach oedd yn dweud celwydd', ac y byddwn i'n 'siŵr o losgi yn uffern oni bai mod i'n dechrau dweud y gwir'. Felly mi ddysgais i gau fy ngheg, a'i chadw ar gau. Tan rŵan. Efallai na fyddwch chithau'n fy nghredu i chwaith, yn meddwl mai hen ddyn wedi ffwndro ydw i. Digon teg, efallai mod i'n ffwndro; rois i'r tebot yn y rhewgell wythnos dwytha, a thywallt dŵr poeth o'r tecell i mewn i'r carton llaeth; ond dwi'n cofio pob manylyn o'r diwrnod hwnnw fel tase hi'n ddoe. Mae'r hyn dwi am ddeud wrthach chi rŵan yn wir bob gair, a'ch dewis chi ydi fy nghredu ai peidio . . .

Ro'n i wedi mynd allan yng nghwch rhwyfo 'nhad i ddal mecryll. Doedd 'na ddim byd newydd yn hynny – mi fyddwn i'n ei wneud o'n aml – ac roedd hi'n ddiwrnod braf a'r môr yn dawel. Ar ôl ryw deirawr, ro'n i wedi dal dwy facrell dew, ond ro'n i am gael un yr un i'r teulu i gyd, ac ro'n i'n hogyn bach styfnig, waeth i mi gyfadde'. Roedd y gwynt wedi codi a'r tonnau wedi dyblu yn eu maint erbyn hyn, ond ro'n i'n gwrthod gadael i mi fy hun fynd adre efo dim ond dau bysgodyn. Mi ddaliais i drydydd, un mawr hefyd, ond ro'n i'n mynnu cael pump cyn troi am adre. Ro'n i wedi

sylwi bod 'na gymylau ar y gorwel, ond roedden nhw'n edrych yn ddigon diniwed. Ond heb i mi sylwi bron, roedden nhw wedi carlamu tuag ata i, a phan deimlais i ias oerach yn y gwynt, dyna pryd sylweddolais i fod yr awyr uwch fy mhen i wedi troi'n dywyll, a'r cymylau'n berwi'n ddu. Mi osodais y rhwyfau'n ôl yn y bachau a dechrau rhwyfo fel cath i gythraul am y lan, ond ro'n i'n rhy bell allan a'r gwynt a'r llanw'n fy ngwthio i 'mhellach o'r lan. Mi fues i'n rhwyfo nes bod 'y nwylo i'n swigod i gyd a chyhyrau 'mreichiau i'n sgrechian. Ro'n inna'n sgrechian erbyn hyn, yn gweiddi am help, ond doedd na'm pwynt, doedd 'na neb o gwmpas i 'nghlywed i. Ro'n i'n oer ac yn wlyb am fod y glaw yn tresio, a'r gwynt yn chwipio'r tonnau dros ochr y cwch. Ro'n i'n cicio fy hun am fod mor wirion ac yn gweddïo'n fwy taer nag a weddïais i erioed yn yr Ysgol Sul. Es i ar fy ngliniau yng ngwaelod y cwch, dwi'n cofio:

'Annwyl Iesu Grist a Duw a'r Ysbryd Glân,' medda fi, a nwylo'n dynn yn ei gilydd yn pwyntio at y cymylau uwch fy mhen i, 'dwi'n addo mynd i'r capel a'r ysgol Sul bob dydd am weddill fy oes, dwi'n addo bod yn hogyn da a pheidio byth â waldio mrawd bach eto; dwi'n addo cris croes tân poeth na wna i byth byth ddwyn afalau neb eto chwaith, na dwyn smôcs Taid a'u smocio nhw'n slei bach, na rhegi, na dim byd. Os gwelwch chi'n dda, Iesu Grist a Duw a phawb arall sy fyny fan'na, os ga i fyw a mynd adre at 'y nheulu heno, mi fydda i'n hogyn da am byth bythoedd Amen. Wir yr.'

A chyn i mi gael cyfle i ddadblethu 'mysedd hyd yn oed, roedd 'na don anferthol uwch 'y mhen i, mynydd o don daflodd y cwch a finna din-drosben i'r dŵr. Ges i ffasiwn sioc! Nid yn unig am fod y dŵr mor gythreulig o oer, and am fod Duw wedi rhoi ateb mor sydyn a chas i mi. Mi lyncais i alwyn o ddŵr môr wrth sylweddoli mod i wedi colli fy welintyns newydd sbon. Rhyfedd, ro'n i'n poeni mwy ynglŷn â chael llond pen gan Mam am golli fy welintyns nag o'n i am foddi. Pan ddois i 'nôl fyny i'r wyneb, yn pesychu a bustachu, roedd y cwch â'i phen i waered yn y dŵr a'r gwynt yn ei chario oddi wrtha i. Mi nofiais i ar ei hôl hi orau medrwn i, a llwyddo i gael gafael yn y rhaff. Doedd fiw i mi geisio'i throi hi'n ôl drosodd – mi fyddai'n siŵr

o lenwi efo dŵr a suddo – felly mi ddringais i ar ei phen hi, neu ei phen ôl hi a bod yn fanwl gywir. Doedd hynny ddim yn hawdd; roedd y tonnau'n dal i chwipio a doedd 'na fawr ddim i mi afael ynddo ond, rhywsut, mi lwyddais i grafangu fy ffordd drosti. Mi orweddais ar fy mol, a dal yn sownd. Wel, mor sownd ag y medrwn i. Ro'n i'n teimlo fel cowboi mewn rodeo, dim ond bod fy ngheffyl i'n siâp tortois ac yn saim i gyd, a finna heb gyfrwy. Toc, mi wnes i ddechrau gweiddi eto, ond roedd y gwynt yn rhuo a'r glaw'n chwipio, a fyddwn i byth wedi gallu clywed neb yn ateb p'un bynnag.

Ro'n i wir yn meddwl bod y diwedd wedi dod a finna'n ddim ond saith oed. A finna wedi meddwl gneud cymaint efo mywyd. Ro'n i isio bod yn ddyn tân, isio achub bywydau a bod yn arwr. Ond do'n i ddim hyd yn oed yn gallu achub fy mywyd fy hun.

Ond dwi'n dal yma i adrodd yr hanes, tydw? Be ddigwyddodd? Wel, mi gododd 'na ben bach tywyll o'r dŵr, pen sgleiniog moel efo'r llygaid delia 'rioed. Ia, morlo. Mi edrychodd arna i am sbel cyn diflannu, ond toc wedyn mi ddoth yn ei ôl, efo cyfaill. Allwn i wneud dim byd ond dal i grio, ac mi syllodd y ddau arna i'n wylo'n hidl fan'no, gan chwythu drwy'u ffroenau bob hyn a hyn. Ac yna, mi ddiflannodd y ddau. Wel, doedd dau forlo ddim yn mynd i allu fy helpu i, oedden nhw?

Ond, fel mae'n digwydd, wedi mynd i chwilio am help roedden nhw, help o'r lle rhyfedda 'rioed. Mi gymerodd oes. Ro'n i'n fferru erbyn hyn, a'r tonnau'n tyfu hyd yn oed yn fwy, a 'nwylo druan i'n colli eu gafael oherwydd eu bod nhw fel talpiau o rew. Ro'n i ar fin rhoi fyny'n llwyr a derbyn fy nhynged pan glywais i sŵn diarth, sŵn rhywbeth yn fflapian uwch fy mhen. Mi edrychais i fyny a gweld anghenfil mawr piws yn dod amdana i. Roedd o'n edrych fel aderyn, dim ond bod yr aderyn yma yr un maint â buwch, efo adenydd hirion pigfain a fflamau'n tasgu o'i ffroenau. Wel, ro'n i'n meddwl mod i wedi drysu, toeddwn?

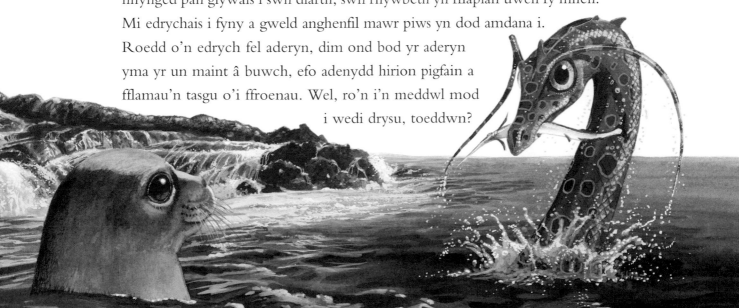

Neu o leia wedi croesi draw i'r byd arall, byd o angenfilod piws yn hytrach nag angylion gwyn.

Pan deimlais i grafangau'n cydio yn fy nghrys a 'nhrowsus, mi rois i sgrech, bobol bach. A phan ges i fy nghodi i'r awyr, ro'n i'n gweiddi mwrdwr. O fewn dim, roedd y môr ymhell oddi tana i, a'r gwynt a'r glaw'n chwipio fy wyneb i'n waeth nag erioed. Ro'n i'n teithio ar goblyn o ras, 'dach chi'n gweld – wel, dychmygwch y peth, roedd o'n union fel gyrru'n wyllt mewn car yn y glaw – heb windsgrîn heb sôn am weipars. Ac wedyn dyma fi'n sylwi bod 'na ddau anghenfil arall o boptu i mi, un ar y dde'n edrych yn gas arna i ac yn poeri fflamau mewn ffordd digon diamynedd, ac un ar y chwith yn agosach o lawer, yn edrych arna i efo llygaid mawr meddal, llawn tosturi. Bron na ddywedwn i ei bod hi (dwi'n siŵr mai benyw oedd hi) yn gwenu arna i. Mi rois i'r gorau i weiddi, ac mi nodiodd yr anghenfil clên ei phen yn araf. Mi graffais i arni drwy'r glaw, a phenderfynu bod ei siâp hi'n debyg iawn i siâp draig. Ro'n i wedi gweld digon o luniau mewn llyfrau ac ar faneri i wybod yn o lew sut siâp oedd ar ddraig. Roedd y gwddw hir a'r gynffon, yr adenydd, bob dim yn deud wrtha i mai dreigiau oedd y rhain. Ond do'n i 'rioed wedi gweld llun o un piws, chwaith.

Dyma fi'n sylweddoli eu bod nhw'n gwneud synau clician a gwichian ar ei gilydd, fel petaen nhw'n sgwrsio. Roedd y ddraig ar y dde'n swnio reit ffyrnig a blin, a'r un ar y chwith yn swnio fel petai hi'n ceisio rhesymu efo fo, ond pan ddaeth 'na fellten o dân a rhes o gliciadau uchel o'r un oedd â'i chrafangau ynof fi, mi gaeodd y ddau arall eu cegau. Roedden ni'n agos at y lan rŵan, ac roedden ni wedi arafu'n arw. Ro'n i'n dal i hanner meddwl mai angylion oedden nhw, wedi dod i 'nghario i i'r nefoedd, felly do'n i ddim yn hollol siŵr pam roedden ni'n anelu am y traeth. Yn sydyn, dyma ni'n hedfan am i lawr, a phan oedd fy wyneb i ychydig droedfeddi o'r tywod, mi ges i 'ngollwng. Jest fel'na, heb rybudd. Dwi'n siŵr i mi lyncu llond bwced o'r tywod 'na wrth lanio. Mi fues i'n gorwedd yno am sbel, methu symud. Wedyn dyma fi'n sylweddoli bod 'na rywbeth cynnes yn fy mhwtio i. Mi drois ar fy ochr, poeri tywod o 'ngheg, a gweld bod y ddraig glên wedi glanio wrth fy ochr i. Roedd hi'n clician yn dawel ac yn troi ei phen o un ochr i'r llall fel petai hi'n ceisio gweld o'n i'n iawn.

Allwn i ddim peidio â gwenu arni, ac mi wenodd hithau'n ôl arna i, gwên swil, gynnes. Dyna pryd sylweddolais i nad piws oedd ei chroen hi mewn gwirionedd, ond math o goch oedd wedi pylu, a thalpiau mawr pinc a phorffor yma ac acw. Estynnais allan i'w chyffwrdd, a gadawodd i mi wneud hynny gan edrych arna i â'i llygaid mawr, trist, a gwenu eto. Dechreuodd ganu grwndi, rhyw grwndi dwfn y gallwn i ei deimlo'n mynd drwy 'nghorff i gyd a'r tywod oddi tanaf. Roedd hi fel cath fawr yn mwynhau maldod.

Rŵan, alla i ddim egluro be ddigwyddodd nesa. Wnaeth hi ddim siarad efo fi fel y cyfryw, ond mi welais i'r lluniau. Dwi ddim yn siŵr ai yn 'y nychymyg saith mlwydd oed i oedd o, neu ai hi roddodd y lluniau 'na yn 'y meddwl i cyn iddi hedfan i ffwrdd eto at ei chyfeillion, ond mi welais i ogof hir dywyll, a dreigiau'n hedfan rownd a rownd yn anniddig ac aflonydd yn y cysgodion, dreigiau oedd yn goch llachar, ond oedd yn araf golli eu lliw. Hedfanodd un ddraig mwy anniddig na'r gweddill allan i'r awyr las a'r heulwen. Mi geision nhw ei galw'n ôl, ond roedd hi'n troelli a throelli yn yr awyr, yn amlwg wrth ei bodd, yn cau ei llygaid yng ngwres yr haul, yn plymio i'r dŵr chodi eto gan ruo mewn hapusrwydd. Aeth hi ymhellach o geg yr ogof, gan annog y lleill i'w dilyn. Pan oedd hi'n ddim ond ploryn bach coch ar y gorwel, clywyd clec yn atseinio dros y bae, a disgynnodd y ploryn fel carreg i'r môr. Ciliodd y dreigiau i gefn yr ogof.

A fanno maen nhw byth hyd y gwn i, wedi gorfod cuddio ers canrifoedd, ddim yn mentro allan yng ngolau dydd, a'u croen yn pylu – y coch llachar, urddasol yn araf droi'n biws a phinc llwydaidd oherwydd eu bod nhw, fel bron pob creadur byw arall, angen golau'r haul. Ond mi wnaethon nhw fentro allan y diwrnod hwnnw, i fy achub i.

A dyna'r gwir reswm pam wnes i benderfynu cau 'ngheg ynglŷn â'r stori. Mi wnaethon nhw dro da â mi, yn do? Y lleia allwn i ei wneud oedd gwneud tro da â nhwtha. Do, mi ges i 'nhemtio i fynd i chwilio am yr ogof – mae hi'n rhywle ym Mae Ceredigion – ond ddyweda i ddim mwy na hynny wrthoch chi. Llonydd a thawelwch mae'n dreigiau ni ei isio, a dyna gawson nhw gen i. Alla i ddim ond gobeithio eu bod nhw'n dal yna, neu o leia wedi dod o hyd i le gwell, rhywle lle caiff dreigiau lonydd a chyfle i fyw allan yng ngolau dydd a gwres yr haul.

Joe

Catherine Aran

'Rargian, mae rhywun ar frys i fynd i'r ysgol!' dywedodd Mrs Birch wrth ei ffrind Mrs Oakes. Roedd y ddwy wedi bod yn clebran dros wal eu gerddi, yn eu cobanau, pan welsant Joe yn rhuthro heibio.

'Rhywbeth wedi digwydd adref eto mae'n siŵr,' atebodd Mrs Oakes. 'Dydi'i fam o erioed wedi bod yr un fath ers iddi gael y neges fod ei gŵr wedi'i ladd.'

'Nac ydi. Drapia'r hen Ryfel 'ma, wedi newid bywyd pawb! Maen nhw'n deud ei bod hi wedi colli arni'i hun yn arw erbyn hyn,' meddai Mrs Birch dan ei gwynt.

'Ydi. Rydw i'n ei chlywed hi'n sgrechian ambell waith ar yr hogyn acw. Bechod drosto fo. Welsoch chi'r cleisiau ar 'i goesau fo?'

Trodd y ddwy eu llygaid i wylio Joe yn rhedeg nerth esgyrn ei draed i fyny'r stryd am yr ysgol.

Y flwyddyn oedd 1940 a'r Ail Ryfel Byd wedi dechrau o ddifrif. Roedd tad Joe wedi dweud ffarwél ychydig fisoedd ynghynt wrth neidio i'r tryc gyda'r milwyr eraill, gan wenu a chwifio dwylo yn ei iwnifform newydd. Ond ddaeth o ddim yn ôl. Cafodd mam Joe lythyr wrth y *Ministry of Defence*, yn dweud bod ei dad yn ddyn dewr ond ei fod wedi ei ladd, ac ers hynny roedd hi wedi bod yn berson hollol wahanol. Sgrechian, gweiddi, crio a neithiwr . . . ia, wel, neithiwr oedd neithiwr.

Heb ddweud gair, aeth Joe heibio i Mrs Birch a Mrs Oakes ar ras, ond roedd yn ymwybodol iawn fod y ddwy'n ei wylio. Rhedodd yn ei flaen gan fwynhau'r gwynt yn cosi'i fochau, ac yn rhyfedd iawn y bore hwnnw, yn lle troi i'r dde am fuarth yr ysgol, penderfynodd fynd yn ei flaen i lawr y stryd tuag at y traeth.

Doedd fiw iddo redeg wedi cyrraedd y traeth gan fod strimyn hir o weiren bigog yn ymestyn rhwng y tywod â'r môr. Roedd y Rhyfel wedi dechrau ers rhai misoedd bellach, ac roedd pawb yn y wlad yn ceisio gofalu na fyddai'r gelyn yn glanio yn eu trefi nhw. Dyna'r rheswm am y weiren bigog.

Yn ofalus, llithrodd Joe rhwng y weiar nes roedd yn sefyll heb ddim o'i flaen ond y tonnau. Caeodd ei lygaid a gwrando. Gwrandawodd ar y tonnau'n mynd a dod i mewn ac allan gyda'i anadl, a'r gwynt yn chwarae'n ofalus a'i wallt. Ochneidiodd yn drwm. Ia, dyma oedd heddwch, meddyliodd.

Yn sydyn, torrodd sŵn cwynfanllyd seiren ar y tawelwch gan udo fod bygythiad y gelyn ar y gorwel. Clustfeiniodd ar sŵn grwndi'r awyrennau yn nesáu a chofiodd yn sydyn nad oedd o'n agos at unrhyw loches. Edrychodd yn betrusgar o'i amgylch. Roedd yn rhaid iddo ddod o hyd i rywle i guddio rhag ofn i'r gelyn ddechrau gollwng eu bomiau cyn cyrraedd Llundain. Dyna oedd y broblem fwyaf o fyw yn ne ddwyrain Lloegr – roedd awyrennau'r gelyn yn siwr o hedfan uwchben y dref.

Craffodd tua'r creigiau i'r chwith iddo, ac heb oedi rhedodd yn gyflym tuag atynt i geisio canfod ogof yno'n rhywle. Edrychai'r clogwyni'n flêr gydag un graig anferth yn y tu blaen yn codi'n dŵr uchel o'r môr. Rhedodd rhwng y creigiau, gan edrych tua'r awyr i chwilio am unrhyw arwydd fod y gelyn ar y ffordd. Am funud, gwelodd siâp yn hedfan drwy'r cymylau, ac un arall, ac un arall, a theimlai'n sicr ei fod wedi eu gweld yn cylch-droi o amgylch y tŵr uchel.

Ond yr eiliad nesaf roedd y siapiau wedi diflannu, a chyn iddo ddechrau pendroni ymhle'r oedd awyrennau'r gelyn, fe faglodd, a glanio ar ei hyd ar lawr.

'Wmff!' dywedodd, ac wedyn, wrth godi i eistedd, 'Be goblyn . . .?'

Edrychodd ar y garreg oedd wedi bachu ei droed, cyn dechrau crafu ei ben. Roedd hon yn wahanol iawn i unrhyw garreg a welsai erioed – yn hirgron, ei hwyneb yn esmwyth a llyfn, a'i lliw yn wyrdd llachar, disglair. Cododd y garreg yn ofalus â'i ddwylo a'i throi'n araf, a'i lygaid yn fawr ac yn grwn.

'Be ar y ddaear . . .O ble mae hon wedi dod?'

Yna, teimlodd rywbeth yn symud y tu mewn i'r garreg – rhywbeth yn gwthio ac yn taro, a chyn iddo fedru yngan gair arall, clywodd grac enfawr a rhwygwyd y garreg yn ddwy. Yn sydyn, o'r tu mewn llifodd hylif gludiog clir dros ei fysedd i gyd.

44

'Aaa!' sgrechiodd Joe mewn ofn, 'Wy!' cyn taflu'r cyfan ar y tywod o'i flaen.

Yn raddol, gallai Joe weld rhywbeth yn codi o'r plisgyn. O dwll blêr yn yr ochr, galllai weld beth a ymddangosai fel pen yn dod i'r golwg. Ia'n wir, dyna beth oedd, pen creadur. Agorodd y creadur ei geg a chrawcian yn uchel eto. Yna, tynnodd ddwy adain esgyrnog allan o'r plisgyn oedd ar ôl ar ei gefn, ymestynodd, gan ddangos coesau cryf a chrafangau miniog. Heb symud modfedd, edrychodd Joe mewn syndod ar y corff bach crebachlyd o wyrdd tywyll fel dail bresych. Eisteddodd yn fud am rai munudau wrth wylio'r creadur rhyfedd yn ysgwyd ei hun, cyn troi a hoelio dwy lygad felen hudolus ar wyneb y bachgen. Edrychai'r ddau'n syn ar ei gilydd,

'Draig!' sibrydodd Joe. 'Ia myn cebyst i, blincin draig, ac un fechan hefyd. Dwi newydd ddod o hyd i fabi draig!'

Chwibianodd Joe yn uchel wrth ochneidio. 'Ond ble mae dy fam di pwt?' holodd cyn codi ei ben i chwilio am arwydd o nyth yn rhywle. Ond roedd y creigiau a'r traeth yn hollol wag heb ddim i'w weld yn symud yn unman.

'Wel, be wnawn ni efo ti?' holodd Joe, ac wrth symud yn bwyllog yn nes ati, 'Paid â phoeni, del, mi edrycha i ar dy ôl di.' Edrychodd y ddraig i fyw llygaid Joe, a theimlai'n siwr fod y babi'n ei ddeall.

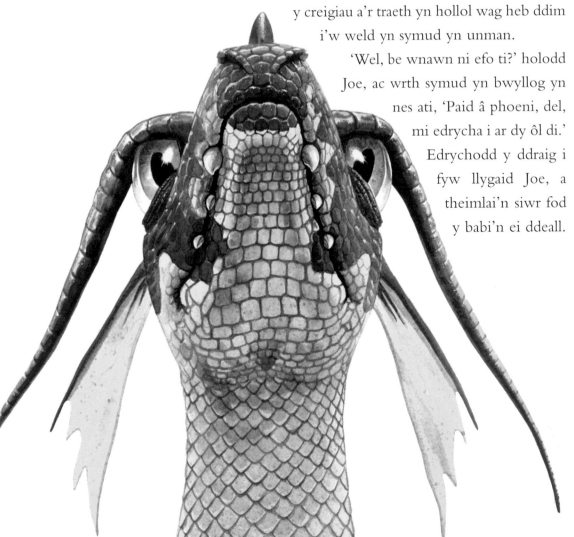

'Crawc . . . crawc,' mentrodd yn ddistaw.

'Eisiau bwyd wyt ti, mae'n siwr!' atebodd Joe.

Gollyngodd y ddraig gri fechan a chododd cwmwl bach o fwg o'i thrwyn. Cydiodd Joe'n araf yn y ddraig a'i fysedd, a'i rhoi'n ofalus yn ei flwch mwgwd nwy oedd wastad yn hongian ar ei ysgwydd ers i'r Rhyfel ddechrau.

Ar ôl codi aɪ ei draed, edrychodd Joe i fyny, i gyfeiriad y tŵr creigiog o'i flaen, a gwelodd gysgod rhywbeth yn hedfan rhwng y cymylau.

'Disgyn o fanna wnest ti? Ydi dy fam yn poeni amdanat ti?'

Cofiodd Joe am ei fam ei hun, ac am ei dad cyn ddechrau'r Rhyfel – y ddau'n chwerthin yn braf wrth ei wylio'n chwarae'n yr ardd, yr haul yn disgleirio a miwsig swynol yn dod o'r weirles yn y gegin.

Mam a Dad.

Yn sydyn, fel petai wedi cael nerth anhygoel o rhywle, aeth Joe i waelod y graig a dechrau dringo.

Roedd y graig yn serth, ond tynnodd Joe ei hun i fyny ac i fyny, yn uwch ac yn uwch. Ac wrth iddo ddringo, clywai donnau'r môr islaw yn dod yn nes at odre'r graig nes fod y dŵr yn chwipio o amgylch ei gwaelod. Gwthiodd Joe ei goesau o un silff garregog i'r llall, gan deimlo'r gwynt yn cryfhau ac yn chwythu'n oer trwy'i grys tenau.

Yn sydyn, wrth nesáu at gopa'r graig, clywodd sgrech erchyll uwch ei ben a gweld un, dwy, nage, llu o ddreigiau gwyrdd tywyll a fflach o goch ar eu cefnau'n hedfan, yn chwyrlîo o amgylch y tŵr gan ysgyrnygu'i dannedd miniog ac ymestyn eu crafangau i'w gyfeiriad, a fflamau poeth yn saethu o'u trwynau.

Gafaelodd Joe yn dynn yn y graig. 'Arhoswch! Peidiwch!' gwaeddodd mewn ofn.

Gwthiodd ei law i'r blwch mwgwd nwy gan dynnu'r bychan allan yn ofalus. Â'r gwynt yn dal i chwythu'n arw, llwyddodd i dynnu'i hun i fyny yn uwch eto cyn gosod y ddraig fach ar lecyn o fwsog gwastad ar ben y graig. Crawciodd y dreigiau yn un côr swnllyd cyn dechrau hedfan un ar ôl y llall a'u hadenydd llydan yn waldio pen Joe wrth fynd heibio iddo. Fe'i gwyliodd wedyn yn glanio fel llu o awyrennau ar ben y graig er mwyn croesawu'r bychan yn llawen yn ôl i'r nyth.

Bythefnos yn ddiweddarch, roedd Mrs Birch a Mrs Oakes yn sgwrsio dros y wal unwaith eto wrth wylio Joe yn mynd heibio. Cerdded yr oedd o y tro yma, gan lusgo cês â'r gair 'Ifaciwî' wedi'i ysgrifennu mewn ysgrifen plentyn ar yr ochr.

'Bechod amdano fo'n te?' meddai Mrs Birch yn drist.

'Ia, ond doedd o'n lwcus, syrthio fel na o dop y graig. Diolch i'r drefn fod y llanw i mewn!' ebychodd Mrs Oakes.

'Ia, a bod Mr Burrows yr *Home Guard* wedi'i weld o'n syrthio!' cytunodd Mrs Birch.

'Be oedd o'n ei wneud yno ar ben y graig, dudwch?!'

'Dwn i ddim! Ond falla y ceith o fynd i rywle mwy saff rŵan, diolch i'r hen Ryfel 'ma!'

'Ia, a dod o hyd i deulu newydd!' ychwanegodd Mrs Oakes dan ei gwynt, wrth ysgwyd ei phen i gyfeiriad tŷ Joe.

Cerddodd Joe yn ei flaen, nes iddo gyrraedd yr orsaf drênau. Roedd cannoedd o blant yno yn crio a ffarwelio â'u teuluoedd, wrth iddynt gychwyn ar daith fwyaf eu bywyd, ar eu ffordd o'r dref i'r wlad lle byddai'n fwy diogel, nes i'r Rhyfel ddod i ben.

Gwthiodd Joe ei ffordd drwy'r dorf ac mewn i'r cerbyd cyn eistedd yn dawel wrth y ffenestr. Yn araf, trodd ei ben i edrych tua'r môr ac yn ôl ar y creigiau am y tro olaf. Roedd y traeth yn ruban melyn hir a'r creigiau mawr yn edrych yn gadarn a thywyll fel waliau castell. Am eiliad, daeth gwên fach i wefusau Joe wrth feddwl am y ddraig fach, a'r croeso a gafodd hi wedi dychwelyd at ei theulu. Wrth gwrs, doedd neb wedi credu stori Joe, mai adennydd teulu o ddreigiau oedd wedi gwneud iddo ddisgyn. Roedd yn haws ganddyn nhw feddwl ei fod wedi ceisio dianc oherwydd yr holl drafferth adref, a beth bynnag, doedd na ddim ffasiwn bethau â dreigiau yn bod heddiw nac oedd?! Gwenodd Joe yn drist iddo'i hun, unwaith eto.

Roedd o'n gwybod yn well.

Yn sydyn, clywodd sgrech uchel chwiban y giard yn rhoi'r arwydd fod y trên ar fin gadael. Sychodd Joe ei drwyn â chefn ei law ac yna, wrth droi ei ben yn benderfynol, edrychodd yn ei flaen, a llithrodd y trên yn araf allan o'r orsaf, gan fynd â'r plant i gyd gydag ef, i ddechrau bywyd newydd.

Dreigiau Ynys Dewi

Elin Meek

Amser maith, maith yn ôl, roedd llosgfynyddoedd yn ffrwydro o dan y môr o gwmpas gogledd Sir Benfro ac yn tasgu lafa dros bobman. Fe gododd peth o'r lafa uwchlaw wyneb y môr a ffurfio ynys.

Un tro, fe ddaeth draig goch Cymru o'i hogof yn Ninas Emrys i ddodwy wyau ar yr ynys hon. Tri wy gwyn â smotiau du arnyn nhw. Arhosodd y ddraig goch ddim yn hir, dim ond digon i ori ar yr wyau, eu gweld yn deor a thair draig fach yn dod ohonyn nhw. Yna, dyma hi'n hedfan fel y gwynt yn ôl i Ogledd Cymru i ymladd â draig wen Lloegr.

Roedd y tair draig fach yn edrych yn union yr un fath â'i gilydd. Roedd corff pob un yn goch â smotiau du, a'u hadenydd anferth yn fflamgoch. Roedd ganddyn nhw lygaid melyn, dannedd miniog gwyn, tafodau fel saeth a chrafangau hir a chyrliog. Ond er eu bod nhw'n edrych yn ddreigiau ffyrnig, doedden nhw ddim. Dreigiau cyfeillgar oedden nhw, yn byw gyda'i gilydd yn ddedwydd yn yr ogofâu ar yr ynys, a'u henwau oedd Fflam, Eirias a Tanbaid.

Pan ddaeth pobl i fyw i Sir Benfro, fe fydden nhw weithiau'n sylwi ar y dreigiau'n hedfan draw o'r ynys i'r tir mawr, yn curo'u hadenydd enfawr

49

a'u cynffonnau'n codi a disgyn wrth iddyn nhw symud. Am olygfa ryfeddol! Doedd pobl ddim yn ofni'r dreigiau; yn wir, roedden nhw'n credu eu bod nhw'n eu gwarchod ac roedd pawb bob amser yn falch o'u gweld.

Doedd y bobl ddim yn sylweddoli cymaint roedd y dreigiau'n eu helpu. Pan fyddai hi'n niwlog, fe fyddai'r dreigiau'n chwythu tân i wneud i'r niwl ddiflannu. Pan fyddai pobl Sir Benfro'n codi cromlcchi, fe fyddai'r dreigiau'n symud y cerrig trwm dros nos ac yn arbed gwaith mawr i'r bobl. Ac unwaith, aeth y dreigiau â cherrig glas o fynyddoedd y Preselau i godi Côr y Cewri yn Lloegr.

Dreigiau da a heddychlon oedden nhw, a phan welson nhw Dewi Sant a'i ddilynwyr yn dod i'r fro i sefydlu mynachlog yn ardal Glyn Rhosyn, roedden nhw wrth eu bodd.

Fe fyddai pererinion yn mynd a dod i Dyddewi mewn llongau, ac fe fyddai'r dreigiau'n eu helpu nhw hefyd. Ar ddiwrnodau tawel, fe fyddai'r dreigiau'n gallu creu gwynt i lenwi'r hwyliau, ac ar ddiwrnodau stormus fe fydden nhw'n dal y gwynt cryf yn ôl â'u hadenydd fel bod y llongau bach yn gallu croesi'r môr yn ddiogel.

Sawl canrif ar ôl i Dewi farw, fe benderfynodd pobl godi Eglwys Gadeiriol yn Nhyddewi, ac fe fu'r dreigiau eto'n helpu wrth i'r garreg borffor i adeiladu'r eglwys gael ei chario mewn llongau bach o draethau gerllaw Tyddewi i borthladd cul Porth-clais. O Iwerddon y daeth y pren deri i adeiladu'r eglwys, ac oherwydd nad oedd goleudai yr adeg honno i rybuddio'r llongau am y creigiau peryglus yn y nos, fe fu'r dreigiau wrthi'n ddyfal yn chwythu tân o ben y clogwyni, fel bod pob llong yn cyrraedd yn ddiogel.

Dim rhyfedd felly fod y dreigiau'n teimlo'n falch o weld yr Eglwys Gadeiriol wedi ei chodi ac fe fydden nhw'n hedfan drosti bob dydd i'w gwarchod ac i'w hatgoffa eu hunain am Dewi Sant. Roedden nhw hefyd ar ben eu digon bod pobl yn galw'r ynys lle roedden nhw'n byw yn Ynys Dewi ac yn eu galw nhw'n 'Ddreigiau Ynys Dewi'.

Dyna lle bu'r dreigiau'n gwarchod yr ardal am ganrifoedd, gan weld tipyn o fynd a dod a newid byd. Pan ddechreuodd pobl dyfu tatws yn y fro, bydden nhw'n cynhesu'r awel drwy chwythu tân. Fe ddaeth ffermwyr Sir Benfro yn enwog am eu tatws cynnar: roedden nhw'n gallu gwerthu eu

cynnyrch ymhell cyn pawb arall oherwydd y tywydd mwyn.

Ond rhyw chwe deg a mwy o flynyddoedd yn ôl, dechreuodd pethau newid yn ardal Tyddewi. Un diwrnod, sylwodd y dreigiau ar Jac Codi Baw gwyrdd yn tyllu ar y waun y tu allan i'r ddinas fach.

'Dwi ddim yn hoffi hyn,' meddai Fflam, wrth sôn am y Jac Codi Baw wrth y lleill yn yr ogof ar Ynys Dewi. 'Mae rhywbeth ar droed ar y waun; dwi'n gallu synhwyro'r peth.'

'Paid â phoeni,' meddai Tanbaid, 'efallai mai creu cae mawr i godi mwy o datws maen nhw.'

'Na, na,' mynnodd Fflam, 'nid ffermwyr o'dd y dynion welais i heddiw. Milwyr o'n nhw. Roedden nhw'n gwisgo lifrai, yn debyg i'r Ffrancod ddaeth heibio fan hyn ar eu ffordd i Abergwaun ryw ganrif a mwy yn ôl.'

'Milwyr?' meddai Eirias. 'Pam fyddai milwyr eisiau dod ffordd hyn?'

'Mae rhyfel draw yn Ewrop; dwi wedi clywed Deon yr Eglwys Gadeiriol yn sôn amdano yn ei bregethau wrth imi hedfan heibio,' meddai Fflam, a oedd yn gallu clustfeinio o bell.

'Ond pam ddylai hynny effeithio arnon ni?' gofynnodd Tanbaid. 'Fe fuodd rhyfel o'r blaen, ond ddigwyddodd dim byd fan hyn, er bod sawl bachgen o'r ardal wedi gorfod mynd i ymladd a cholli ei fywyd.'

'Wel, dwi'n siŵr fod rhywbeth mawr ar fin digwydd,' mynnodd Fflam. 'Fe gewch chi weld.'

Ac yn wir, erbyn y diwrnod canlynol, fe allai'r tair draig weld bod pump Jac Codi Baw arall wedi cyrraedd. Fe fu pob un ohonyn nhw wrthi'n codi'r gwyrddni i gyd nes bod y waun yn noeth a brown. Erbyn yr wythnos ganlynol, roedd rholwyr mawr wedi cyrraedd, a'r rheiny'n mynd yn ôl a blaen dros y tir i'w wneud e'n wastad. Wythnos yn ddiweddarach, dechreuodd y dreigiau weld bod y waun yn troi'n llwyd: roedd hi'n cael ei gorchuddio gan goncrit.

'Pa hawl sydd gyda nhw i ddifetha'r waun?' meddai Tanbaid yn grac. 'Beth am yr holl blanhigion prin sy wedi'u codi? I ble bydd yr anifeiliaid a'r adar yn mynd?'

'Dim ond dechrau yw hyn,' meddai Fflam. 'Fe glywais i sôn eu bod nhw'n mynd i adeiladu sied fawr i storio awyrennau. Maen nhw'n mynd i godi maes awyr ar y waun.'

'Maes awyr?' meddai Eirias. 'Ond pam maen nhw wedi dwyn y waun i gyd? Hen bryfed bach yw awyrennau, ontefe?'

Roedd y dreigiau wedi gweld awyrennau o'r blaen, ond dim ond o bell, felly doedden nhw ddim wedi sylweddoli beth oedd eu maint nhw. Ond fu dim rhaid iddyn nhw aros yn hir i wybod yn iawn.

Yn yr ogof roedden nhw pan glywson nhw'r awyrennau cyntaf yn

cyrraedd. Dirgrynodd Ynys Dewi wrth iddyn nhw hedfan uwchben, a'u grwnian yn atseinio o gwmpas waliau'r ogof. Gwthiodd y dreigiau eu pennau allan, a gweld awyrennau llwyd enfawr yn mynd heibio, a blaenau dryllau'n gwthio allan ohonynt.

'Awyrennau rhyfel ydyn nhw!' meddai Fflam yn ddig. 'Awyrennau rhyfel yn Nhyddewi! Beth fyddai Dewi Sant yn ei ddweud?'

'Edrychwch!' meddai Eirias. 'Maen nhw'n hedfan dros yr Eglwys Gadeiriol hyd yn oed! Does dim byd yn sanctaidd i'r rhain!'

'Yr hen awyrennau ffiaidd,' meddai Tanbaid, 'yn difetha tawelwch yr ardal ac yn sathru ar enw Dewi!'

Roedd y dreigiau'n gacwn wyllt. Os oedden nhw wedi helpu pobl o'r blaen, dyma nhw nawr yn penderfynu gwneud popeth a allen nhw i rwystro'r awyrennau. Weithiau, fe fydden nhw'n hedfan o gwmpas yr awyrennau, yn ceisio dallu'r peilotiaid â'r fflamau o'u safnau. Tric arall oedd creu cymaint o wynt â'u hadenydd fel na allai'r awyrennau hedfan o gwbwl. Ond doedd dim fel petai'n rhwystro'r awyrennau'n llwyr.

Dechreuodd rhai o'r peilotiaid beintio llun Dreigiau Dewi'n dal bomiau rhyfel ar eu hawyrennau. Aeth y dreigiau'n wyllt gandryll. Doedden nhw ddim eisiau dim i'w wneud â'r peiriannau lladd hyn, ac fe aethon nhw'n fwy penderfynol fyth o'u rhwystro.

'Fe godais i ofn mawr ar un peilot heddiw,' meddai Eirias wrth y lleill un noson ar ddechrau'r haf. 'Ro'n i'n gwybod bod gwasanaeth yn digwydd yn yr Eglwys Gadeiriol: roedd y golau ynghyn. Felly fe es i draw i warchod y lle. Wrth hedfan yn uchel iawn, fe welais i awyren yn dod o bell dros y môr, yn grwnian yn swnllyd wrth ddod i lawr i lanio. Pan oedd hi uwchlaw'r Eglwys Gadeiriol, dyma fi'n plymio i lawr yn sydyn ac yn edrych ar y peilot a'r tipyn draig 'na mae e wedi'i pheintio ar ochr yr awyren.'

'Ond dy'n ni ddim yn llwyddo i'w rhwystro nhw, ydyn ni?' meddai Tanbaid. 'Dy'n ni ddim yn gallu chwythu tân na chreu gwynt am ddigon o amser.'

'Nac ydyn,' meddai Fflam. 'Ond mae un peth nad y'n ni wedi rhoi cynnig arno fe – creu niwl. All awyrennau ddim codi a disgyn o'r maes awyr os yw hi'n niwlog. Os gallwn ni'n tair chwythu tân fan hyn o'r ogof, fe fydd

hynny'n creu niwl dros y môr a hwnnw'n llithro draw i'r maes awyr.'

'Syniad campus, Fflam,' meddai Eirias. 'Fe awn ni ati ar unwaith.'

A dyna beth wnaethon nhw: allai dim fod yn haws i dair draig benderfynol: chwythu tân y naill ar ôl y llall, nes bod niwl diddiwedd ddydd a nos dros ardal Tyddewi.

Doedd penaethiaid y llu awyr ddim yn deall y peth: doedd dim niwl yn unman arall o gwbl. Cadwodd y niwl trwchus yr awyrennau ar y ddaear am wythnos, am bythefnos, am dair wythnos, nes bod penaethiaid y llu awyr yn dechrau blino. Allai dim un awyren godi na disgyn.

Yna, un diwrnod, fe glywodd y dreigiau sŵn o'r tir mawr gyferbyn â nhw. Fe hedfanodd y tair o'r ogof a gweld pelen o dân ar fynydd Carn Llidi, uwchlaw Traeth Mawr. Roedd awyren wedi taro'r mynydd.

'Mae'n ddamwain ddifrifol,' meddai Tanbaid. 'Doedden ni erioed wedi bwriadu i ddim byd fel hyn ddigwydd!'

'Ni sy'n gyfrifol,' meddai Eirias.

'Na, nid ni sy'n gyfrifol,' meddai Fflam. 'Eu rhwystro nhw ro'n ni am wneud, nid eu lladd nhw. Nhw sydd ar fai: does dim rhaid iddyn nhw ddefnyddio'r maes awyr hwn o gwbl ar gyfer eu gêmau rhyfel. Mae digon o feysydd awyr eraill i'w cael, heb darfu ar fro Dewi Sant.'

Yn wir, roedd awyren wedi ceisio glanio ar y maes awyr, ond oherwydd y niwl mawr, roedd hi wedi mynd yn rhy bell ac wedi bwrw llethrau Carn Llidi ar gyflymdra uchel. Awyren Maurader o America oedd hi, a chollodd pedwar o ddynion eu bywydau yn y ddamwain honno ar Garn Llidi, ar y pedwerydd o Fehefin, 1943.

Er i'r maes awyr gael ei ddefnyddio am rai blynyddoedd eto, bu'n rhaid ei gau yn y diwedd oherwydd y problemau gyda'r niwl a'r gwynt. Daeth tawelwch a heddwch unwaith eto i ardal Tyddewi, ac roedd Dreigiau Ynys Dewi yn gwybod yn iawn y byddai eu hen ffrind, Dewi Sant, wedi bod wrth ei fodd.

Y Dreigiau Cochion

Tudur Dylan Jones

Pan oedd hafau oesau'n ôl
yn gynnes a gwahanol
a dim i'w wneud ond mwynhau
y tir tu hwnt i oriau,
pob cantref yn las hefyd
a hi'r Garn yn wair i gyd,
doedd dim rhyfel na gelyn
na hanes dynes na dyn.

Roedd y caeau'n fwy gwyrdd y pryd hwnnw,
a phob gwreiddyn yn tyfu'n y tir,
roedd yr awyr yn iach y pryd hwnnw
a'r glas yn yr afon mor glir.

A chyn y daeth pobol i'r blaned
i'w clywed yn uchel eu cloch
roedd dreigiau'n cyd-fyw yn heddychlon
a phob un yn galon o goch.

Roedd eu gwlad
yn wyrdd a glân,
pob dyffryn a bryn yn braf
pob golygfa'n gân i gyd,
a dweud mawr
yn dywod mân.

Roedd y dreigiau â'u geiriau i gyd
yn meddwl mai heddwch
oedd yn iawn,
medden nhw.
Ac yr oedd
pob draig o'i grud
yn gwenu'n ddel,
ac ni ddoi
hen eiriau'n goch o'r un geg . . .
rhegi nid oedd mewn 'Dreigeg'!

Roedd un ddraig ar graig ryw haf
yn rhythu i'r pellter eithaf,
a gwelodd ryw ddraig welw
nad oedd un ohonyn nhw.
Un ddraig wen
yn ddewr i gyd
yn hisian tân
dros y tir.

Aeth un yn ddwy,
aeth yn ddeg,
yna mwy a mwy'n y man
ar led drwy'r awyr lydan,
yn nes y daeth dros y don
gannoedd o ddreigiau gwynion.

Pan welodd y cyfan
yn hedfan yn nes
a theithio'n ddigroeso,
fe deimlodd eu gwres,
a gwelodd y gelyn
yn llosgi
a phoeri
eu ffordd
at ei gwlad
mor bert a glân,
y wlad
a'r eiliad
lle'r oedd
pob dyffryn a bryn yn braf
pob golygfa'n gân i gyd,
a dweud mawr
yn dywod mân.

Gwelai hon fod ei gwlad
mewn peryg,
ac nad oedd digon
i'w cael o ddreigiau coch
i roi gwers i'r dreigiau gwyn.

Yn nes,
yn nes
y doi'r hisian,
a'r hedfan o hyd.

Yna fe aeth y ddraig fach
at dawelwch y teulu
yn gawr i gyd!

Rhoi'r hanes i'w rhieni
a sôn am y gwynion i gyd
uwch y môr yn fflachio mwg.

'Rhaid amddiffyn
rhag y gelyn,'
oedd y gân.

'Rhaid amddiffyn
pob un dyffryn,
bryn a dôl.'

'Rhaid amddiffyn,
rhaid amddiffyn
yr hyn sy dda.'

Cythru,
cythru,
casglu'r coch.

Wedi gwaedd,
dechreuwyd y gwaith
drwy gael y dreigiau i gyd
i hedfan yn dân dros y dŵr.

Dros gaeau tawel fry i'r awel
yn un rhes.
I'r uchelfannau fry dros greigiau
wrth godi gwres.
Dros draeth hirfelyn a'r gwynt i'w herbyn,
i ffwrdd o'r tir.

Gweiddi,
codi,
llosgi llais.
Brwydro,
herio,
gwneud eu rhan.

A'r cochion lond yr awyr
yn mynd i'r gorwel draw
â thân yn eu gwythiennau,
y gwynion gafodd fraw.

A gwelodd bob un wedyn
mai camgymeriad drud
oedd ceisio curo'r cochion,
a throesant 'nôl i gyd!

Roedd gwyrdd hyd y caeau eto,
diflannodd pob ofn o'r tir,
daeth y glas yn ôl i'r afon
A'r awyr 'nôl yn glir.

Roedd 'na wair ar y Garn unwaith eto
a'r môr yn suo'n y bae,
roedd pob gwreiddyn yn treiddio yn ddyfnach
a doedd dim byd i'w wneud ond mwynhau.

Mae 'na le i bob draig fach yn rhywle,
Mae 'na le i bob lliw a phob llun,
A phob un o'r cochion
A phob un o'r gwynion
Yn cadw i'w wlad fach ei hun.

Cyfrinach Deio

Elfyn Pritchard

Porth-gain yn Sir Benfro, lle roedd tir a môr, bryniau a chreigiau, tai ac ogofâu yn cyfarfod. A lai na milltir ar wahân yr oedd dau yn cysgu. Dau na wydden nhw am ei gilydd. Ond roedd hynny ar fin newid!

Mewn bwthyn ger y traeth roedd Deio'n chwyrnu, yn barod am fore o bysgota efo'i daid yn ei gwch newydd; cwch modur cryf, allai dorri ei ffordd trwy fôr cynhyrfus, trwy donnau mawrion.

Roedd Deio wedi rhyfeddu at y cwch, ac at y rhwyd bysgota newydd oedd wedi ei lapio'n dwt a thaclus yn y starn. Gwenodd yn ei gwsg wrth feddwl am yr antur o'i flaen.

● ● ● ● ●

Mewn ogof y tu hwnt i'r trwyn roedd draig yn cysgu i gyfeiliant y tonnau'n taro'r creigiau. Roedd hi wedi blino'n lân ar ôl dyddiau o hedfan yn uchel yn yr awyr o un o ynysoedd Môr y Canoldir. Yno y bu'n byw ers cenedlaethau mewn llonyddwch llwyr, hynny yw, nes i bobl ddod yno, yn eu miloedd, i fwynhau gwyliau ar draethau melyn dan haul crasboeth.

Doedd y ddraig ddim yn hoffi pobl. Pobl oedd y gelynion mawr, a rhaid oedd ffoi am ei bywyd i rywle lle roedd llonydd i'w gael.

Ac wedi dyddiau o hedfan, fe ddaeth i fan lle nad oedd pobl i'w gweld, i benrhyn unig ym Mhenfro. Arweiniodd ei radar naturiol hi yn syth i mewn i'r ogof ac yno y bu yn cysgu am ddyddiau lawer.

Pan ddeffrôdd, roedd ei holl gorff wedi dadflino, a theimlai'n braf ac yn gysurus. Doedd dim sŵn i'w glywed, dim ond synau arferol ogof a môr, a'r tonnau'n taro'r creigiau.

Agorodd ei llygaid yn araf, ac edrych o'i chwmpas. Roedd yr ogof yn un fawr, ac roedd silff hwylus ar un ochr lle y gallai orffwys ei phen yn glir o'r tonnau pan fyddai'n cysgu. Fe wnâi gartref ardderchog iddi. Doedd neb o gwmpas, dim deifwyr gyda'u snorcels, dim nofwyr, dim cychod cyflym, dim synau pobl, dim ond synau byd natur, gwynt a llanw a thrwst tonnau. Gwych!

Fel yr oedd yn graddol ymysgwyd o'i chwsg, clywodd sŵn yn agos i geg yr ogof. Sŵn cwch modur, tebyg i'r synau a glywsai ar ynys ym Môr y Canoldir. Ochneidiodd. Doedd pethau ddim gwell yma. Ac eto, roedd rhywbeth yn wahanol yn y sŵn yma. Roedd o'n ddyfnach, yn arafach na sŵn arferol cwch modur cyflym.

Llusgodd ei hun yn araf i geg yr ogof ac edrych allan. Draw ar y tonnau gwelodd gwch yn teithio'n araf, cwch â'i liwiau coch a glas tanbaid yn sefyll allan yn erbyn llwydni'r môr a'r awyr.

Teimlai'r ddraig yn ddigalon iawn. Doedd hi ddim yn hoffi pobl. Roedden nhw'n gas, yn swnllyd, yn ddi-ddeall, ac yn greulon. Meddwl mai eu byd nhw oedd y byd, nhw a neb arall. Cofiodd eiriau un o'i chyndeidiau, 'yr anifeiliaid peryclaf i ddreigiau ydi'r rhai sy'n cerdded ar ddwy goes'.

A dyma hi, yn wynebu pobl unwaith eto. Tybed beth oedd y cwch lliwgar yn ei wneud yn teithio'n araf dros y tonnau? Tybed beth oedd o? Roedd yn rhaid iddi gael gwybod.

Chwifiodd ei hadenydd mawrion a hedfan allan o'r ogof; i'r llygaid noeth roedd hi bron yn anweledig gan fod gwynder ei bol a llwydni tywyll ei chefn a'i hadenydd yn toddi'n berffaith i gymysgedd lliwiau'r môr a'r ewyn, y creigiau a'r awyr.

Hedfanodd yn isel a di-stŵr uwchben y cwch a gwelodd ddau yn sefyll yn y caban bychan a rhywbeth glas llachar yn symud trwy'r dŵr y tu ôl i'r cwch. Aeth yn is i edrych.

Roedd Deio wrth ei fodd. Yn sefyll wrth ochr ei daid ac yn cael llywio'r cwch, gan symud yn araf trwy'r dŵr, y rhwyd wedi ei thaflu i'r môr a'i ddychymyg eisoes wrthi'n brysur yn ei llenwi â physgod bach a mawr.

Roedd hi'n dawel, dangnefeddus yno ar y môr, heb ddim ond yr adar yn griddfan uwch eu pennau, y tonnau'n dawnsio dan y cwch ac argoelion diwrnod braf yn gwynnu'r gorwel. Roedd Deio'n meddwl am y straeon fyddai ganddo i'w hadrodd wrth ei fam a'i dad am y gwyliau efo'i daid, a'r daith bysgota. Byddai ei rieni'n rhyfeddu, ac Osian ac Elin – ei frawd a'i chwaer – yn cenfigennu wrtho.

Ac yna fe ddigwyddodd! Yn ddirybudd, fel petai bom wedi ffrwydro oddi tano, cafodd y cwch hergwd ddychrynllyd ai hysgydwodd i'w seiliau. Taflwyd drws y caban ar agor a hyrddiwyd ei daid trwy'r drws a thros yr ochr i'r môr. Cafodd Deio gip arno'n cael ei gario gan y tonnau a'r siaced achub yn ei gadw rhag suddo. Ond doedd ganddo ddim gobaith ei dynnu o'r môr gan fod rhywbeth rhyfedd ac ofnadwy yn digwydd i'r cwch. Roedd o fel pe bai'n cael ei godi'n glir o'r tonnau a'i dynnu i fyny i'r awyr!

A dyna *oedd* yn digwydd. Sadiodd Deio ei hun yn erbyn y llyw, gydag ofn ac arswyd yn tynhau ei fynwes a chorddi ei stumog, a gwelodd drwy ffenest y caban anghenfil mawr yn tynnu'r cwch drwy'r awyr gerfydd y rhwyd bysgota. Yna wrth i'r cwch siglo'n feddw o ochr i ochr, trawodd Deio ei ben ar y llyw a disgynnodd yn anymwybodol ar lawr y caban.

Llusgodd Taid ei hun i'r lan wedi brwydr hir efo'r tonnau. Ond er ei fod wedi ymlâdd, safodd ar ei draed ar unwaith; heb drafferthu i dynnu ei siaced achub, rhedodd nerth ei draed i'r bwthyn, a ffonio'r gwasanaethau achub.

Roedd ei galon yn drom a theimlai dristwch mawr, tristwch na welai ei ŵyr annwyl Deio yn fyw fyth eto. Doedd dim golwg o'r cwch pysgota ers iddo gael cip arno'n hwylio fel awyren drwy'r awyr, wedi ei godi a'i gipio gan ryw gorwynt dychrynllyd.

Cyn pen dim, roedd holl adnoddau achub yr arfordir ar waith, sawl cwch yn rhuo drwy'r tonnau, hofrennydd fel gwenynen brysur uwchben, a dau o wylwyr y glannau efo Taid yn ceisio'i gysuro ac yn ei holi'n fanwl am leoliad y cwch cyn y digwyddiad ofnadwy.

●　●　●　●　●

Daeth Deio ato'i hun pan daflodd rhywun ddŵr dros ei wyneb. Cododd ar ei eistedd ac edrych yn ddryslyd o'i gwmpas. Roedd pobman yn dywyll, ac am eiliad meddyliodd mai yn ei wely yn y bwthyn yr oedd. Yna sylweddolodd ei fod mewn ogof, ar silff uwchben y dŵr, a thon oedd wedi golchi dros ei wyneb.

Sut ar y ddaear y dois i i'r fan yma? meddyliodd. Ble roedd y cwch, a beth ddigwyddodd i'w daid?

'Arna i mae'r bai,' meddai llais uchel, a swniai fel pe bai'n dod o grombil yr ogof.

'Pwy wyt ti, a ble rwyt ti?' holodd Deio mewn dychryn. Ac wrth iddo droi ei ben gwelodd anghenfil mawr yn gorwedd yn y dŵr a'i ben allan yn edrych arno.

'Na, paid â dychryn,' meddai'r llais eto gan atal y sgrech oedd ar fin dod o enau Deio. 'Rwyt ti'n ddiogel yma yn yr ogof efo fi. Draig ydw i, a wna i ddim niwed i ti.'

'Draig! Draig! Ond does dim dreigiau'n bod! Breuddwydio rydw i.'

'Na dwyt ti ddim yn breuddwydio.'

'Ond draig – a honno'n gallu siarad! All o fod yn ddim ond breuddwyd.'

'Dydw i ddim yn gallu siarad, dim ond darllen dy feddwl di, a siarad *yn* dy feddwl di.

Draig ydw i. Draig sydd wedi ffoi yma i gael llonydd, a rydw i ar y ddaear yma ers llawer o amser, ymhell cyn dy eni di na dy daid.'

Taid! Taid! Beth oedd hanes ei daid? Oedd o'n dal yn fyw? Oedd o wedi boddi?

64

'Mae dy daid yn iawn,' meddai'r ddraig. 'Mae o wedi cyrraedd y lan. Paid â phoeni, mi af i â thi yn ôl ato fo os gelli di fy ngollwng i'n rhydd.'

'Dy ollwng yn rhydd?'

'Ie. Mae 'nhraed i'n sownd.'

Tynnodd ei hun allan o'r dŵr a gwelodd Deio y corff anferthol sgleiniog a'r marciau du a gwyn a llwyd ar y croen. Trodd y pen i edrych ar Deio a gwelodd yntau lygaid mawr yn edrych arno – llygaid arbennig iawn, llawn doethineb a henaint, llawn gofid hefyd. Draig drist oedd hon, nid draig beryglus, fygythiol.

Cododd ei thraed ôl a gwelodd Deio fod y rhwyd bysgota las wedi ei lapio amdanynt. Roedd y ddraig, wrth hedfan yn isel, wedi bachu ei thraed yn y rhwyd a thynnu'r cwch drwy'r awyr!

Tybed beth oedd hanes hwnnw erbyn hyn?

'Mae'r cwch wedi diflannu dan y dŵr, ond paid poeni, fe ddaw yn ei ôl. Mae gan ddreigiau alluoedd arbennig, cofia.'

Estynnodd Deio ei gyllell boced, ac ymhen dim o dro roedd ei thraed yn rhydd.

'O, diolch i ti, Deio, ac wyt, rwyt ti'n iawn – dydw i ddim yn beryglus, dydw i ddim yn fygythiad i neb. Y cyfan rydw i ei eisiau ydi llonydd. Tyrd, mae'n amser i ni fynd, ond dwi am i ti addo un peth i mi.'

'Mi wna i os galla i.'

'Galli. Addo na ddwedi di wrth neb lle rydw i'n byw. Ac un addewid arall.'

'Ie, be 'di hwnnw?'

'Y caf i ddod i edrych amdanat ti a bod yn ffrindie efo ti. Mi alla i ddod i rywle heb i neb fy ngweld.'

'Mi faswn i wrth fy modd.'

Dringodd Deio ar gefn y ddraig a gafael yn sownd yn ei gwddw, ac mewn chwinciad chwannen roedd o'n gorwedd ar lan y dŵr yn clywed sŵn rhywrai'n rhedeg ato.

Cyn pen dim roedd Deio'n gorwedd ar soffa yn y bwthyn a phawb yn ffysian o'i gwmpas, a'i daid yn methu gwybod beth i'w wneud – chwerthin, crio, dawnsio, neu ddwrdio.

'Be ddigwyddodd i ti? A sut y doist ti i'r lan? Nofio wnest ti? Diolch

byth dy fod yn gwisgo siaced achub.'

'Na, nid nofio – cael fy nghario i'r traeth gan ddraig wnes i.'

Chwarddodd pawb.

'Draig!' meddai un. 'Draig! Does dim dreigiau yn y byd ers canrifoedd, os buon nhw yma erioed.'

'Dyna ti, Deio bach,' meddai ei daid. 'Rhaid i ti orffwys, rwyt ti wedi cael sioc. Ryden ni i gyd wedi cael sioc.'

Cododd Deio oddi ar y soffa. 'Na, rydw i'n iawn. A draig gariodd fi i'r lan, wir yr.'

Gwenodd y dynion ar ei gilydd. Fe wydden nhw nad oedd dreigiau'n bod, dim ond yn nychymyg plentyn deg oed.

Cerddodd Deio at y ffenest ac edrych allan drwyddi. Roedd niwl ysgafn uwchben y môr; ac ar y dŵr, yn nofio'n araf tua'r lan, roedd y cwch coch a glas. Meddyliodd ei fod yn gweld y ddraig yn hofran uwch ei ben, ei lliwiau'n toddi i liwiau'r awyr. Yna gwelodd lygad disglair fel seren, ac wrth iddo edrych rhoddodd y llygad winc arno cyn diflannu i'r niwl.

Trodd Deio at y dynion yn y bwthyn a gwenu arnynt. Fe wyddai ef fod dreigiau'n bod. Ac yn awr fe wyddoch chithau hefyd.

Carreg Samson

Sonia Edwards

Roedd Carreg Samson wedi bod yno erioed. Ers cyn i Cai gael ei eni. Yno'n gorwedd ym mhob tywydd a'r gwynt yn ei chwipio, neu'r haul yn ei chynhesu. A bob dydd byddai tonnau'r môr yn golchi o'i chwmpas ac yn taflu ewyn drosti, ewyn gwyn fel powdwr babi.

'Pwy oedd Samson, Mam?'

'Dyn cryf iawn. Mae'i hanes o yn dy Feibl Mawr di lle mae'r lluniau lliw.'

'Y dyn sy'n chwalu adeilad hefo'i ddwylo?'

'Ia, hwnnw.'

'Fo pia Carreg Samson?'

'Fo ddaeth â hi yma, meddan nhw. Gannoedd o flynyddoedd yn ôl. Ond stori ydi hi, cofia.'

Stori. Doedd Cai ddim yn siŵr a oedd o'n ei chredu hi. Roedd Samson yn ddyn andros o gryf, ond roedd hon yn garreg andros o fawr hefyd. A'r holl ffordd o Israel i Sir Fôn? Roedd Israel yn bell, bell. Ac yn fan'no roedd Samson yn byw, mae'n rhaid, achos mai dyna oedd o'n ei ddweud ym Meibl Mawr y Plant. Bod Samson yn farnwr Israel.

'Mam?'

'Be?'

'Be 'di *barnwr*?'

'Ew, mi rwyt ti'n holi heddiw!' Ond meddalodd llygaid ei fam. Roedd golwg drist ynddyn nhw, er ei bod hi'n gwenu ac yn anwesu'i wallt.

68

'Dyn pwysig ydi barnwr. Dyn sy'n penderfynu pethau. Fel barnwr mewn llys.'

'Fel y barnwr fydd yn penderfynu a ydi'r Adeilad Peryglus yn cael ei godi yn ein pentref ni?'

'Ia, 'ngwas i.'

Pwysodd Cai ei drwyn yn erbyn y ffenest nes bod cwmwl yn ffurfio ar y gwydr. Roedd hi'n braf byw mor agos at y môr. Yn braf mynd i gysgu gyda'r nos gan wrando ar y tonnau'n sibrwd pob mathau o bethau. Cyfrinachau. Craffodd Cai trwy niwl ei anadl ei hun. Roedd y môr allan yn bell rŵan a'r traeth yn edrych yn oer fel dyn heb sanau. Croen noeth y tywod yn sgleinio. Y cerrig mân fel ewinedd crwn. Roedd popeth mor hardd a glân. Ond nid fel hyn fyddai hi pe bai'r Adeilad Peryglus yn dod. Roedd pawb o bobl y pentref yn poeni am y peth. Mi fu ei dad yn siarad ar y radio ac mi sgrifennodd ei fam lythyrau at ddynion pwysig. Mi fyddai rhai o bobl y pentref yn gorfod symud o'u tai er mwyn i beiriannau Jac Codi Baw ddod i'w chwalu nhw am eu bod nhw'n rhy agos at safle'r Adeilad Peryglus. Doedd hynny ddim yn deg, meddyliodd Cai. Dim ond er mwyn i ddynion dieithr wneud arian mawr.

Roedd Carreg Samson yn edrych yn fwy nag erioed heb y môr yn llyfu o'i chwmpas. Chwalodd Cai y niwl oddi ar y ffenest er mwyn cael edrych arni'n well. Roedd yna rywbeth yn wahanol ynddi heddiw, ond beth? Roedd hi'r un siâp ag o'r blaen, fel pen rhyw anghenfil hir, a'r gwymon yn gudynnau drosti fel mwng llew gwlyb. Anghenfil? Llew? Anifail od? Yn sydyn, sylweddolodd Cai fod rhywbeth yn sgleinio'n rhyfedd o dan gudynnau'r gwymon. Daliodd ei wynt. Rhywbeth tebyg i . . . i lygad! Ac yna diflannodd yr haul tu ôl i gwmwl. A diflannodd y llygad 'run pryd. Teimlai Cai'n siomedig. A braidd yn wirion. Ai dyna'r cyfan oedd o, felly? Yr haul yn chwarae mig? Yn chwarae triciau â'i ddychymyg?

Fedrai Cai ddim bod yn siŵr ond gwyddai un peth. Roedd yn rhaid iddo fynd i lawr at Garreg Samson er mwyn cael gweld yn iawn.

Doedd hi ddim yn anodd sleifio o'r tŷ heb i'w rieni sylwi. Roedd ei dad ar y ffôn eto fyth hefo rhyw aelod seneddol yn trafod yr Adeilad Peryglus, a'i fam wrthi'n llunio posteri hefo geiriau arnyn nhw nad oedd Cai'n eu

deall – geiriau fel 'YNNI NIWCLEAR'. Ond roedd yna eiriau eraill yr *oedd* o'n eu deall – 'GWENWYN' a 'MARWOLAETH'. Ac fe wyddai fod y cyfan i'w wneud â'r Adeilad Peryglus.

Roedd awel y môr yn oer braf ar ei wyneb wrth iddo nesu at y traeth. Doedd yna neb o gwmpas heblaw'r gwylanod yn galw ar ei gilydd. Safodd Cai ac edrych o hirbell ar Garreg Samson eto. Daeth yr haul yn ei ôl hefyd. A daeth rhywbeth euraid, disglair i'r golwg o dan y gwymon ar y garreg fawr. Teimlodd Cai ias yn cerdded asgwrn ei gefn. Roedd arno ofn ond roedd o'n gyffrous hefyd, ac roedd y cyffro cynnes hwnnw'n cyflymu'i gerddediad. Cyn iddo lawn sylweddoli hynny, roedd o'n sefyll wrth droed Carreg Samson. Roedd hi mor ddistaw yno yng nghysgod y garreg, yn gynnes bron. Doedd sŵn y gwylanod rŵan yn ddim ond fel sŵn cathod llwglyd yn bell i ffwrdd.

Estynnodd Cai ei law'n betrus a chyffwrdd mewn cudyn o wymon. Yn sydyn, crynodd y garreg. Disgynnodd Cai ar ei liniau mewn dychryn. Ac yna daeth sŵn o rywle o dan y gwymon du. Sŵn sibrwd fel tonnau'r môr yn sisial:

'Paid â bod ofn.'

Rhwbiodd Cai ei lygaid. Ysgydwodd ei ben fel y gwnâi ar ôl bod yn nofio er mwyn cael y dŵr o'i glustiau. Oedd o wedi clywed yn iawn? Oedd o'n dychmygu pethau? Nac oedd. Roedd y cryndod rhyfedd yna wedi digwydd go iawn. Cododd ar ei draed. Roedd y llygad yn amlwg rŵan – llygad hir lliw aur yn agor yn araf, a'r amrant yn llyfn a phatrymog fel croen neidr. Neu grocodeil, efallai? Na, nid hynny chwaith . . . Yna, symudodd y garreg eto. Y mymryn lleiaf. Ond digon i'r gwymon ddisgyn i un ochr a datgelu wyneb y creadur. Hen, hen wyneb. Hen, hen lygad yn llawn doethineb y canrifoedd. Ac roedd gwres yn codi oddi ar y cerrig o dan draed Cai, o'r llygad, o'r croen caled, llyfn, o'r ffroenau ynghudd o dan y gwymon. Pan welodd y stêm yn dechrau cymylu'n awr o gwmpas y garreg, gwyddai Cai – nid carreg oedd hon, ond draig!

Yn rhyfedd iawn, doedd dim ofn ar Cai bellach. Roedd yr holl aer cynnes yn gwneud iddo deimlo'n saff.

'Ers pryd wyt ti wedi bod yn . . . yn . . . ?'

'Yn cuddio yma?' Roedd y llygad mawr yn edrych yn feddal. 'Dwi wedi

70

bod yma ers canrifoedd, Cai. Yn disgwyl fy nghyfle. Yn disgwyl amdanat ti.' A gwnaeth y ddraig sŵn tagu fel tegell yn berwi.

'Yn fy nisgwyl i? Pam fi?' gofynnodd Cai yn syn. Roedd y cerrig o dan ei draed braidd yn boeth erbyn hyn.

'Am dy fod ti'n fachgen caredig, Cai, ac yn poeni am y lle 'ma.'

'Yr Adeilad Peryglus,' meddai Cai. Roedd yntau'n sibrwd oherwydd bod y ddraig yn sibrwd, er bod ei llais hi'n uwch rŵan nag injan stêm.

'Ia. Yr Adeilad Peryglussss,' meddai'r ddraig. Roedd pob sŵn 's' fel sŵn ŵy yn ffrio. 'Mae'r hen fyd 'ma wedi mynd yn lle peryglusss iawn. Dyna pam fy mod i'n cuddio yn y graig 'ma erssss canrifoedd. Ond rŵan mae hi'n bryd i mi ddeffro. Dwi issssio dy helpu di.'

'Sut?' gofynnodd Cai mewn penbleth. 'Os dangosi di dy hun, mi fydd pobl yn meddwl dy fod ti'n beryglus ac isio dy ladd di!'

Daeth sŵn o rywle fel gwynt trwy ogof. Y ddraig oedd yn ochneidio.

'Rwyt ti'n fachgen doeth, Cai. Dyna pam rwyt ti mor arbennig. Mi wyt ti'n deall pethau,' meddai'r ddraig yn drist. 'Ond rwyt ti'n iawn. Mae'n rhaid bod yn gyfrwys.'

''Run fath ag wyt ti, yn cuddio'n fan'ma,' meddai Cai.

'Yn hollol. Rŵan, ta, Cai,' ac roedd llygad y ddraig yn syllu arno mor llonydd â gwydr lliw, 'dim ond fy mhen i rwyt ti'n ei weld, te?'

'Ia,' meddai Cai. 'Mae hynny'n golygu fod gweddill dy gorff di . . .'

'. . . wedi'i guddio o dan y tir!' Gorffennodd y ddraig y frawddeg iddo. 'Wyt ti erioed wedi chwarae'r gêm o gladdu Dad yn y tywod fel nad oes 'na ddim ond ei ben a'i ysgwyddau yn y golwg?'

'Do,' chwarddodd Cai. 'Sawl gwaith!'

'Wel, felly'r ydw inna,' anadlodd y ddraig. 'Mae fy nghynffon i'n cyrraedd ymhell o dan y tir, draw at y Penrhyn Bach.'

'Fan'no mae'r Adeilad Peryglus yn mynd i fod, yn union ar ben dy gynffon di!' meddai Cai mewn braw.

Dechreuodd y cryndod eto, fel daeargryn bron, a daeth sŵn hisian uchel fel boilar yn chwythu. Y ddraig oedd yn chwerthin!

'Cai, wyt ti'n cofio beth fyddai'n digwydd pan fyddai dy dad yn symud bodiau'i draed o dan y tywod ar ôl i ti 'i gladdu o?'

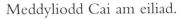

Meddyliodd Cai am eiliad.

'Wel, mi fyddai'r tywod yn mynd yn graciau i gyd ac yn chwalu . . . '

Edrychodd yn sydyn i fyw y llygad aur. Roedd o'n deall yn awr! Pe bai'r ddraig yn symud ei chynffon byddai'n chwalu'r tir lle'r oedden nhw'n bwriadu codi'r Adeilad Peryglus ac yn achub y pentref!

'Paid â dweud dim byd wrth neb!' meddai'r ddraig yn sydyn.

Roedd llygaid Cai yn dawnsio.

'Mi fyddi di fel Samson yn chwalu'r adeilad mawr!' meddai, ac yna gofynnodd yn swil: 'Ydi o'n wir mai fo ddaeth â'r garreg rwyt ti'n cuddio ynddi'r holl ffordd o Israel?'

Ysgydwodd y ddraig eto ac igian yn uchel.

'Dwi'n ddigon hen i gofio Samson yn fabi hefyd,' meddai'n ddireidus. Ond atebodd hi mo'i gwestiwn. 'Dos rŵan, a chofia mai'n cyfrinach ni ydi hon!'

Rhywsut mi lwyddodd Cai i gysgu'r noson honno. Roedd hi'n rhyfeddol o hawdd cadw'r gyfrinach. Pwy fyddai wedi ei gredu, p'run bynnag, pe bai o'n dweud bod draig yn cuddio yng Ngharreg Samson? Pan ddeffrodd y bore wedyn, roedd ei rieni'n llawn cyffro. Roedd y radio ymlaen. Bu daeargryn bychan yn ystod y nos. Doedd neb wedi'i frifo, meddan nhw, ond roedd y Penrhyn Bach wedi chwalu. Fyddai dim modd o gwbl i'r Adeilad Peryglus ddod yno bellach!

Edrychodd Cai draw i'r traeth lle'r oedd Carreg Samson. Roedd hi'n edrych yn union fel o'r blaen, fel pen anghenfil hir hefo mwng o wymon arno. Yna, daeth yr haul o rywle a tharo'n erbyn ochr y graig. Sglein sydyn a diflannu. Fel llygad yn rhoi winc arno.

73

Dwylo Diogel

Meinir Pierce Jones

 lawr at y traeth?'

'Na.'

I Fiwmares am hufen iâ?'

'Na.'

'I Halfords i weld y beics?'

'Na!'

Doedd dim byd oedd yn cael ei gynnig yn plesio Mia heddiw. Ceisiai Mam a Nain ac Anwen eu gorau i feddwl am rywbeth i'w helpu i anghofio beth fyddai'n digwydd fory. Ond NA mawr pendant oedd yr ateb bob tro.

'Wel, diwrnod tawel adra amdani, pwt,' meddai Mam yn y diwedd. 'Ti'n cofio be ddwedodd Dr Samudra am or-neud petha.'

'Mi chwaraea i *Who Wants to be a Millionaire* efo ti.'

Roedd hyn yn gynnig arbennig gan chwaer fawr oedd yn gwybod mai hi fyddai'n gorfod bod yn Chris Tarrant eto fyth. Un o'r pethau roedd Mia wedi eu gwneud yn ystod y misoedd hir o driniaeth oedd darllen a darllen a darllen. Ac roedd yr holl ddarllen, heblaw am roi stôr o wybodaeth iddi, wedi codi awydd cryf am gael mynd i weld gwahanol lefydd pan fyddai hi'n well – castell Harry Potter, y pengwins ym Mhegwn y De, Ynys Ciwba cyn i Castro farw a mynydd Kilimanjaro yn Nhansanïa, heb sôn am lefydd eraill nad oedd hi ddim hyd yn oed wedi darllen amdanyn nhw eto.

74

'Wn i be wnawn ni,' meddai Nain yn y diwedd, 'mi ffoniwn ni Eric a holi aiff o â ni i sêl cist car Plas Coch.' A chyn i Mia gael cyfle i ddweud NA, roedd Nain ar ei ffôn symudol.

Y peth gora am fynd i sêl efo Nain ac Eric, ei chariad, meddyliodd Mia wrthi'i hun wrth fynd i nôl siaced, oedd y bydden nhw ill dau'n stopio am baned wrth y garafán gynta, a gadael iddi hi ddilyn ei thrwyn fel liciai hi.

Roedd ces Mia ar gyfer drannoeth wedi ei bacio ac yn agored ar ben y landin. Yn llawn dop o byjamas cwta a slipas, cobenni, côt godi a bag molchi, a'i llyfrau. A dim lle i ddim byd arall. Ond wrth libindio ei ffordd yn ôl rhwng stondinau'r sêl at Ford Escort Eric, a'r haul yn gynnes ar ei chefn, wedi chwilio a chwalu trwy lestri craciog, dillad desperet, a llyfrau llychlyd, gwelodd Mia y peth hwnnw nad oedd hi'n gwybod ei bod hi'n chwilio amdano nes iddi ei ganfod.

Y peth hwnnw a'i bartner, a dweud y gwir. Roedd dau ohonyn nhw. Dau beth lliw mwd, siâp pêl rygbi, yn gorwedd yn dwt yn ymyl ei gilydd. Fel cnau coco mawr heb eu hagor neu ffa coffi wedi eu chwythu'n ddwbwl eu maint.

'Faint?' gofynnodd Mia gan bwyntio a dangos y ddwy bunt roedd hi wedi eu cael gan Nain ac Eric.

Rhoddodd yr hen foi oedd pia'r stondin ei gwpan blastig yn ofalus wrth ymyl ei fflasg, ac ymdrechu i godi o'i gadair lan y môr. Cymerodd un o'r punnoedd, poeri arni a'i rhoi yn ei bwrs. Yna amneidio i gyfeiriad y 'cnau coco' a dweud, 'Buy one, get one free . . . Ond cym' di bwyll efo nhw, cofia.'

Cododd Mia nhw a'u cario, un o dan bob cesail yn ôl tua'r maes parcio.

O leia, roedd hi wedi dysgu cymryd pwyll.

Pwyll rhag iddi syrthio a chleisio.

Pwyll rhag iddi or-wneud petha a chael annwyd neu wres.

Pwyll wrth frwsio'i gwallt rhag i'r cudynnau ola ddisgyn allan.

Pwyll rhag iddi sbydu hynny o fywyd oedd ar ôl ynddi.

Am unwaith, roedd hi'n braf cymryd pwyll efo rhywbeth heblaw hi ei hun.

'Be ddiawl ydi'r rheina?' chwarddodd Eric oedd wedi bod yn ei gwylio'n dynesu.

'Gad iddi, bechod,' atebodd Nain. 'Ei phres hi oeddan nhw, te.'

Ar ôl i bawb o'r teulu fynd i'w gwlâu y noson honno, cododd Mia a mynd ar flaenau'i thraed at y ces ar ben y landin. Tynnodd allan bâr o slipas a phyjamas a choban a gosod y 'cnau coco' rhyfeddol yno wrth ochr ei gilydd.

Brawd a chwaer. Pupur a halen. Haul a lloer.

Y bore wedyn cerddai Mia i mewn i'r stafell driniaeth â chamau babi, a'i dwy law tu ôl i'w chefn i gadw'r gŵn hir wen rhag agor.

Trodd Dr Samudra i'w chyfarch pan ddaeth hi i mewn, ac ysgwyd llaw gan ymgrymu rhyw ychydig. Roedden nhw wedi dod i ddeall ei gilydd yn dda dros y misoedd ac roedd cyffyrddiad ei law dywyll soled a'i chledr golau, yn help iddi. Edrychodd Mia'n daer ar y gledr honno am funud, fel petai hi'n ceisio darllen map nad oedd hi wedi ei weld o'r blaen. Ac eto roedd y lle'n gyfarwydd.

'Gorwedd ar d'ochr ar y gwely, Mia,' meddai Dr Samudra toc, 'a chodi dy benbgliniau i fyny at dy ên.' Yr un drefn ag arfer.

'Casáu hyn,' ebychodd Mia, 'casáu, casáu, casáu.'

'Pigiad bach gynta ac wedyn fyddi di'n teimlo dim.'

Dringodd Mia ar y gwely ac yna troi ar ei hochr, cyrlio'n belen ac estyn yn beiriannol am law ei mam. Gwenodd y nyrs yn galonogol arni a phasio'r nodwydd hir fain i'r meddyg.

'Un funud,' mwmiodd Dr Samudra yn dawel, 'ac wedyn mi fydd o drosodd. Meddwl am rywbeth braf.'

'Fel be?'

'Rhyw gyfrinach? Mi wna inna hefyd.'

Yn ufudd, meddyliodd Mia am y ddwy gneuen goco a orweddai rhwng y pyjamas a'r cobenni yn ei ches.

Brawd a chwaer. Pupur a halen. Haul a lloer.

'Dyna fo drosodd, weldi,' meddai'r doctor ymhen dim. 'Mi awn ni â'r rhain i'r lab rŵan ac aiff y nyrs â ti'n ôl i'r ward. Wela i di'n nes ymlaen.'

'Ocê, doc,' meddai Mia gan godi ei bawd a gwenu. Roedd hi wedi anghofio disgwyl am y boen wrth feddwl am ei thrysor newydd, a rŵan roedd y cyfan drosodd.

Roedd hi'n hwyr y pnawn, a mam Mia wedi mynd i chwilio am baned a brechdan. Agorodd drws y stafell yn sydyn a daeth pen tywyll Dr Samudra i'r golwg. Gwenodd Mia ac yntau ar ei gilydd.

'Dwi am rannu fy nghyfrinach efo chi,' cyhoeddodd Mia.

'Rioed?' chwarddodd Dr Samudra. 'Doeddwn i ddim yn meddwl fy mod i mor dda â hynny am wneud *lumbar puncture* chwaith.'

Ddywedodd Mia ddim byd, dim ond pwyntio at y ces o dan ei gwely. Estynnodd y doctor ef iddi. Agorodd o ac estyn y ddwy gneuen coco fawr.

Daliodd Dr Samudra nhw yn ei ddwylo a syllu arni a'i wyneb yn un cwestiwn mud. Toc rhoddodd un yn ôl i Mia, eistedd wrth ei hymyl ar ochr y gwely a dechrau astudio'r llall yn fanwl. Yn raddol dechreuodd y rhisgl oedd am y gneuen gracio nes bod côt wen y meddyg yn siafins i gyd. Roedd o'n troi dau hanner y rhisgl yn groes gyda'i ddwylo medrus, mewn symudiad tebyg i weindio cloc, nes o dipyn i beth daeth un hanner i ffwrdd yn glir. Estynnodd ei law i mewn i'r nyth tu mewn ac estyn allan rywbeth piws golau, yr un siâp yn union ag wy, a phatrymau cywrain drosto.

Roedd Mia'n gegrwth. 'Be ar y ddaear ydi o?'

Edrychodd Dr Samudra ar y peth am amser hir gan ei droi a'i drosi yn ei ddwylo. Yna ysgydwodd ei ben a syllu i fyw llygaid Mia.

'Weles i rioed un o'r rhain,' meddai. 'Na fy nhad, na fy nhaid, na fy hen-daid na'i hen-daid o. Ond mi wn i beth ydi o. Mae llawer o sôn amdanyn nhw yn chwedla a thraddodiada'n gwlad ni.'

'Ia?' Allai Mia ddim byw yn ei chroen.

'Wy draig,' meddai Dr Samudra. 'Prinnach nag aur, prinnach na lili'r Wyddfa, prinnach nag eira Awst.'

'Ac mae gen i ddau!' gwichiodd Mia. 'Buy one get one free!'

'Cadwa nhw'n ofalus, ofalus,' gorchmynnodd y meddyg. 'Wnân nhw ddim deor bellach, ond er hynny . . . Ella y dylet ti eu rhoi mewn amgueddfa neu rywbeth.'

'No wê,' meddai Mia gyda gwên.

Rhoddodd Dr Samudra yr wy yn ôl yn ei gasyn ar ôl i Mia gael ei ddal a chraffu arno, a'i gadw yn y ces o dan y gwely.

'Cysgu rŵan,' meddai wrthi. 'Mae gen ti weddill d'oes i sbio arnyn

78

nhw a rhyfeddu. Dwi'n gallu gweld dy fod ti wedi blino'n rhacs.'

'Iawn, os deudwch chi wrtha i be oedd eich cyfrinach chi.'

'Fydd hi ddim yn gyfrinach wedyn! Ond gan dy fod ti wedi bod mor arbennig o hael efo fi . . . Dwi wedi rhoi fy notis ac yn mynd yn ôl i India i weithio. I wlad y dreigiau!'

'Ond beth amdana i?'

'Mi wela i di cyn i mi fynd, adeg y *check up*. Ac mi gei di'r gofal gora gan bawb arall.'

Aeth wyneb Mia'n dipiau o'i flaen. Trodd ar ei hochr a thynnu dillad y gwely dros ei phen.

'Mia?'

Dechreuodd hithau ruo rhyw gân ddi-diwn ar dop ei llais.

Aeth y meddyg allan gan gau'r drws yn dawel ar ei ôl.

● ● ● ● ●

Ar ôl iddi fynd adre, doedd Mia ddim yn ddigon da i fynd i'r ysgol. Ar ôl cinio byddai'n cerdded dow-dow i'r traeth, weithiau'n golchi ei thraed yn y dŵr, weithiau'n darllen, weithiau'n hepian ar y cerrig cynnes. Âi â'r wyau gyda hi bob amser, yn ei bag cefn.

Un pnawn breuddwydiodd eu bod yn deor. Gwres yr ysbyty yn Lerpwl a haul Medi ym Môn wedi ailgychwyn proses a fferrwyd ar ei hanner filoedd o flynyddoedd yn ôl. Roedd y ddwy ddraig yn ei breuddwyd yn *snazzy* fodern, yn bwyta gweddillion picnics gydag awch, yn hedfan fel barcutiaid. Yn ffraeo fel plant. Yn llond llaw, a dweud y gwir! Pan ddechreuodd y fwyaf o'r ddwy chwythu tân a godai'n golofn goch i'r awyr, sgrytiodd Mia ei hun yn effro gan chwilio'n wyllt o'i chwmpas am fwg a fflamau.

Tu ôl iddi eisteddai Nain ac Eric ar y twyni, yn edrych tuag Eryri. Aroglau sigarét Eric roedd hi wedi'i glywed.

'Rydan ni wedi bod yn aros i ti ddeffro,' meddai Nain yn glên. 'Tyrd, mae 'na ddyn diarth acw i dy weld di. Galw i ddeud ta ta ac ysgwyd llaw, medda fo.'

Delhi. Madurai. Bombay. Calcutta. I ble yn India y byddai o'n mynd, tybed? Ond ble bynnag y byddai o'n mynd, rhesymodd Mia, wrth ddilyn

y lleill ar hyd y llwybr at y tŷ, fyddai o ddim ymhell o'r mynyddoedd a'r unigeddau. A byddai'r fan honno, lle nad oedd byth na char nac awyren na phobl ar dramp, yn fwy diogel fil gwaith nag unrhyw le ym Môn. Yno gellid cuddio'r wyau'n mewn ogof uchel yn ddwfn o gyrraedd pob creadur.

Rhag ofn i'w breuddwyd y pnawn hwn ddod yn wir. Rhag ofn i'r wyau ddeor a hithau heb fod yn ddigon cryf i ddiogelu'r dreigiau.

Ond yn y dyfodol, pan fyddai hi'n hŷn, ac wedi mendio . . .

Pan fyddai hi'n mynd i'r ysgol bob dydd, a'i gwallt yn gynffon hir, cyrliog eto . . .

Câi deithio allan yno ar bererindod i'r mynyddoedd i'w gweld nhw'n hedfan yn rhydd a'u lliwiau seicydelig fel saris priodas.

Yn y pellter gwelodd rywun yn cerdded tuag ati gan godi ei law. Safodd hithau yn ei hunfan a chwifio a chwifio'n ôl â'i holl nerth.